诗词灵犀

# 詩詞蒙語

周本淳 著

人民文学出版社

**图书在版编目(CIP)数据**

诗词蒙语/周本淳著. —北京:人民文学出版社,2023
(诗词灵犀)
ISBN 978-7-02-017524-6

Ⅰ. ①诗… Ⅱ. ①周… Ⅲ. ①诗词研究—中国 Ⅳ. ①I207.2

中国版本图书馆 CIP 数据核字(2022)第 186421 号

责任编辑 葛云波
责任印制 任 祎

出版发行 人民文学出版社
社　　址 北京市朝内大街 166 号
邮政编码 100705

印　　刷 河北新华第一印刷有限责任公司
经　　销 全国新华书店等

字　　数 140 千字
开　　本 880 毫米×1230 毫米 1/32
印　　张 8.25 插页 2
印　　数 1—4000
版　　次 2023 年 3 月北京第 1 版
印　　次 2023 年 3 月第 1 次印刷

书　　号 978-7-02-017524-6
定　　价 39.00 元

# 目　录

# 读《诗词蒙语》识小录

童岭　虞薇

此生精力尽于诗，末岁心存力已疲。不共卢王争出手，却思陶谢与同时。

——陈师道《绝句》

最终，一般的批评的成见 General Critical Praconception（……这是关于诗歌底本质与价值的一切自觉和不自觉的理论之结果）在读者和诗歌之间不断地干涉着，像批评史便表示得十分明白。像一种不幸的饮食仪式，它可以扼止一个人所急欲要吃的东西，即使这东西是在这个人底唇边。

——瑞恰慈（Richards）《科学与诗》

周本淳先生，字蹇斋，1921 年出生，祖籍安徽合肥。高中时期他得遇名师张汝舟先生，张师给他最大的影响一在“以桐城姚鼐义理、考据、辞章三者并重”，二在“治学主张自出手眼，切勿随人俯仰”；考入浙江大学文学院中国文学系后，又从王驾吾先生学桐城派古文，从郦衡叔先生学杜、韩、苏、黄诗。他与两位老师的关系一直维系到老，二师均精习桐城文法，推崇姚鼐。以耕读传世的合肥西乡周氏家族本就与桐城派思想关系密切，传统的家庭教育使得先生在幼年时期就接受了严格的文言训练，这不仅奠定了他研习古籍的根基，也确立了其“作人之本，勿以名利所囿”（《自传》）的信念。先生后来总结自身治学经验时，首先强调的就是“做人为本”，“如果不注意人品，那么一切都无从谈起”①。近代桐城派的大家姚永朴在其名著《文学研究法》“功效”条下有云：“学也者，本己之所得，以救之世所失者也。”②尽管遍遭忧患坎壈，先生不改初心，始终以钻研古籍为职志、关注国家的前途和命运，这种延续不断的“桐城义理”浸透在先生一生的治学与教学生涯中，形成了他审慎严谨的研究态度和积极进取的入世精神。1945年之后，先生转入南京一中教学，又从胡小石、汪辟疆诸前辈游，为学为道得以日精。

2001年的夏天，笔者在上海购得先生近作《诗词蒙语》（下文简称《蒙语》），此书是该出版社“学者讲坛系列”第二辑，同收此辑的尚有章太炎《国学略说》、贺麟《文化与人生》、顾颉刚《我与古史辩》等等。这些老辈学人大多重视著述，唯独周本淳先生一生单单专注于读书、点书。同系列中许多书籍属于旧籍重刊，而先生这本则是晚年新作，是他五十馀年读诗品诗、作诗授诗的心得



① 《我的治学经验》，见周先民，许芳红主编《本淳学洽 薪尽火传——周本淳先生百年诞辰纪念集》，研究出版社2021年版，42页。

② 姚永朴著《文学研究法》，黄山书社1989年版，39页。

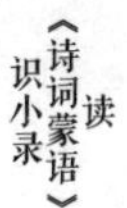

总汇。彼时学者可见先生的著作只有此书及《读常见书札记》二种而已，其馀多为古籍点校与审定。先生之学的特质即集中在考据校勘以及诗词的创作和欣赏两个方面。如果说《读常见书札记》中见其考证功夫，那么《蒙语》中则见其诗词妙悟。

古人学诗，常叹难通于诗中之蕴，诗外之音。这本15万字的小册子，看似薄薄一本，然而其中论说的奥义，值得细细品读。全书共分二十章，其副题分别为"'三言两语'谈平仄"、"对偶与律诗"、"作诗与填词"、"谈练字"、"诗词里的重字"、"数字在诗词中的应用"、"草木禽鱼问题"、"时地问题"、"谈题引"、"谈短篇诗词的结构"、"聚讼问题例析"、"含蓄与痛快"、"承袭与变化"、"谈用典"、"情与理"、"谈博识"、"遮与表"、"梦与诗"、"画与诗"和"新诗与旧诗"等。从语言到格律，从炼字到典故，从题引到结构，从情感到事理——此书体系完整，从多方面对一些诗学的基本问题作了深入浅出的阐释，对古典诗词的创作思路和表现手法都作了切实肯綮的论述。综观此书，可得而言者有三。

一曰原始典籍，铢积寸累。爬疏董理，不假他人。点校古书，看似漫漫无期，其实大有裨益。昔黄季刚先生教人读书，首先要别人先点熟一部古书，由此可以读懂古人之用心，此语诚是公允！历来教人学诗的书籍，多托名于大家之手，如魏文帝的《诗格》、贾岛的《二南密旨》等等。先生这部《蒙语》却是一部真正成于大家之手的诗词学习向导。先生第一部点校的古书为《唐音癸签》,此后又点校、重订过《诗话总龟》、《苕溪渔隐丛话》这两部重要的宋代诗文评著作,故对于这几部书,先生谙熟于心。先生还强调研究古典文学需要对经典名篇"深思熟读"①,只有通过熟读背诵才能慢慢咀嚼出诗词的味道,掌握词汇文理。他尤其推崇熟读杜诗和苏诗,"因为他们用事广,诗篇中几乎包括整个传统文化",先生还指出自己之所以能重订《苕溪渔隐丛话》,发现原校点的许多断句问题,就是因为对苏诗比较熟,因而一眼看穿,一针见血。基于这样深厚的诗学典籍功底,又有从少至老笔耕不辍的诗词创作实践,先生在写作《蒙语》时,列举例证往往旁征博引、信手拈来,拆析赏鉴则恰如其分,入木三分。全书中除一两处偶尔引用如程千帆先生《古今诗选》中一些训释外,所有例证几乎都是先生自己读书所得,娓娓道来,兴味悠长。如论及作诗与填词在引用前人成句时有截然不同的规则:作诗最忌犯古,填词则无所禁忌——先生特举《诗话总龟后集》卷三十一所引《复斋漫录》中记载的贺方回事为证:贺方回填〔临江仙〕一首,以薛道衡名句"人归落雁后,思发在花前"作结,黄庭坚(山谷)见之大为激赏,甚至易以〔归雁后〕为调名。之后顺而再举《诗话总龟前集》卷十四引《王直方诗话》故事:黄山谷诗《冲雪宿新

① 《我的治学经验》,《本淳学治 薪尽火传——周本淳先生百年诞辰纪念集》,43—44 页。

寨忽忽不乐》中名联“山衔斗柄三星没，雪共月明千里寒”一句即为同时人王诜直接化入词作〔鹧鸪天〕中，证明填词之宽泛自由。再如谈到律诗中的用典，要防止偏枯，如何“积学以储宝”，以及古人用典的习惯等等，即连举《苕溪渔隐丛话》卷三十五中的几条例证，使读者欣然会于心。如此种种，俯仰皆是。除此之外，由于先生还点校过《震川先生集》、《小仓山房诗文集》等集部著作，故《蒙语》的语言都很优美，且带有几分诗意。另一部也是谈诗词的著作——周振甫《诗词例话》，体例与《蒙语》有异，读者可取之相较，其中略可见先生之文字不同于时贤。

二曰着盐于水，吟咏性情。文质朴雅，抉奥发微。老辈学人中，如闻一多先生，即使是他的论学之书，亦能见其文字优雅可玩(如《神话与诗》、《古典新义》等等)。周本淳先生此书本身文字极其雅驯，读其书似读其诗。许多复杂的诗学问题，在先生面前迎刃而解。比如先生在书中云：

> 幼年曾闻吴霜厓老人对诗、词、曲语言风格做过扼要的概括：曲欲其俗，诗欲其雅，词则介乎二者之间；诗语可以入词，词语可以入曲，而词语不可入诗，曲语不可入词。先师胡小石先生曾就此下一转语：七言绝句若稍杂词语转增风神韵味。当时未能深入领会。此后数十年射猎诗词较多，然后始知言简意赅，确乎经验之谈。秦观词人，元遗山虽曾以

> 女郎诗嘲之，然绝句极有风神，未能一概抹杀……境界虽小，风神摇曳，耐人讽味。姜白石诗词均工，南宋名家，而诗体中尤以七绝为最。（《蒙语》“三　抒情遣语　各有攸宜”）

如此论说，好似一位老者的当面教诲。中国诗文中“体”的概念，向来有尊卑，能于千字内说清楚此问题，已非小手笔。于此之外，先生还能以自己的老师所授，昌言诗词曲各体之间的互相渗入。初学如我辈者，读之受益颇多。又如先生在总结诗词有含蓄和痛快两种书写方式时，对以“痛快”见长、一贯而下的风格是这样描述的：

> 大体上说，以痛快见称的诗篇，多半是骨鲠在喉，不吐不快，其人为忠臣义士，愠于群小，忍无可忍，发而为诗词，像一腔热血，喷洒纸上，使百世后读之，也为之怒发冲冠，或扼腕浩叹。（《蒙语》“一二　刚柔互济　相反相成”）

作者感情激荡而无所顾忌时所作的诗便如长江大河一泻千里，重在一气呵成，以酣畅淋漓取胜。这段评说亦以四言短句为主体，添缀虚词衬语，节奏明快，掷地有声，使读者读来唇吻调利，状如吐珠，仿佛接续所引《满江红》《闻官军收河南河北》等诗的爽利气势，也有直抒胸臆、喷薄而出的轩昂，叫人为之震撼欢畅，不得不抚髀叹一声“痛快”。在书中别处作诗文解析时，先生多用明白晓畅的语言，偶来几处铺张之笔，便柔情尽显。如解说唐人刘方平《春怨》诗（纱窗日落渐黄昏，金屋无人见泪痕。寂寞空庭春欲晚，梨花满地不开门。）："从日光渐暗回到空荡荡的金屋，暗自流泪。一天如此，一月如此，以至春天已暮，梨花满地也无心思开过庭院的外门。"（《蒙语》"八　辨其虚实　发其内涵"）本文题辞中引用到瑞恰慈的评论，瑞恰慈对许多评论家很不满，他提出要研究诗的四个方面：意思（sense）、情感（feeling）、语调（tone）和用意（intention）。倘若他能见到先生这本《蒙语》，恐怕会大为赞叹南中国的城市中，居然有一位诗人和他的理论主张暗合神似。

三曰能诗能学，博而有一。会心不远，晚年定论。先生自己是一位出色的诗人，笔者手头有一本先生自订的《蹇斋诗录》，现抄录二首如下：

> 爱此海上山，更着秋前雨。我辈即飞仙，何劳问宾主！（《次千帆先生韵》）
>
> 诗心如束笋，淡雨洗争萌。惯听悠悠水，依然踽踽行。秋声孤叶下，暝色一江平。却笑从来误，清吟袖手成。（《诗心》）

先生一生写诗无数，故《蒙语》一书的作者可谓诗人兼批评家。在论述方法上，先生特重实证性，常常现身说法，以自身诗作为镜，照见诗词赏析和创作的门径。在"五　短章重字巧安排"一篇中讲解重字排布得宜带来

的清新之感,先生称许姚宋佐《梅月吟》及王安石《谢公墩》二首,并收入年轻时避寇遵义所仿作的《枕上》一绝:

> 枕上家山枕外鸡,家山梦断闻鸡啼。听鸡犹唱家山调,无那家山一枕迷!

以四个"家山",三个"枕"字,三个"鸡"字聊表思乡之情,清新纯粹,由复字生情,更见青春时的才性诗情和腔头热血。"一七　言尽象中　义隐语外"一篇则借用佛家"遮诠"、"表诠"之语来论说诗中隐而不言的拓宽境界和刻镂无遗的细致景观。先生言传身教,以"遮法"写雨中登岳阳楼目不见物的场景:

> 杜诗范记光千古,应有威神护此楼。笑我枯肠无俊语,尽将烟景雨中收。

而游雁荡山时,又以完全不同的"表法"来刻画峰岳变化的奇观:

> 剪刀成笔卓虚空,啄木须臾又化熊。移步换形山有意,殷勤归送满帆风。

前者以先贤佳作为遮隐的内容供人遐想,在熟题新作上另辟蹊径;后者则须尽言铺张才能彰显东南绝胜的美妙,举引二作意在表明两种手法都能有助于表达。在讨论诗画关系(《蒙语》"一九　同源异派 相辅相成")时,先生指出山水名胜很难摹写,黄山谷尚且避实就虚,感叹"奈

此百嶂千峰何”。受此启发,先生见黄山雨后绮丽风光,亦一转笔锋,用宋人画本比之,作绝句一首:

浅深浓淡复斓斑,挟雨揉烟态更闲。忽忆小年临画本,分明好个米家山。

如此以不写写之,更兼诗画相通之意,非得胸中有米派画家水墨点染的烟云雾景,方才能领会诗中山光水色之空灵。这也与书中第十六篇要求诗人需“博识”一脉相联。三十年代范况《中国诗学通论·序》有云:“自来研究诗学者,所遗留之著作,大抵甘苦之言。”周本淳先生自己也很看重自己晚年这部小册子,在《蒙语·自序》中云:“对于诗词之见识,既不肯尚同于时贤,又不屑苟异于当代,我明我心而已。近来偶将几十年之心得,汇集成编。”故而页页读来都是先生“几十年沉潜反复”的点滴结晶。对于“蒙语”一词,先生自己谦虚地解释道:一是指自己还是诗学道中的“蒙童”;二是指对于后学于先生者,此书或可为启蒙之资。

不轻许人的程千帆先生在《闲堂书简》致周本淳先生信中有云:“友朋中老学不倦如袁伯业者,先生而外,无他人也”[①]。袁伯业即袁遗,乃张超所赞“包罗载籍,管综百氏,登高能赋,睹物知名”(《三国志·魏书武帝纪》注引《张超集》)、曹操所谓“长大而能勤学者”(曹丕《典论·自

① 程千帆著,陶芸编《闲堂书简》,上海古籍出版社 2004 年版,287 页。

叙》引)。近现代善为旧体诗词者很多(可略检《1919－1949旧体诗文集叙录》所收),然而能在晚年将自己一生谈诗论学的心得写成一部文字雅驯的接引后学之作,这样的学者恐怕不多见。2021年12月21日(农历辛丑年冬至日),周本淳先生百年诞辰纪念会在淮阴师范学院举办,纪念会上举行了《周本淳集》《周本淳先生百年诞辰纪念集》首发式。其中《周本淳集》由周本淳先生长子、旅日学者周先民结集,近日于人民文学出版社出版面世。《周本淳集》第三卷即收录了《诗词蒙语》,并与《蹇斋诗录》等合刊,二书互读,想来可以嘉惠更多的学诗者。会上周先民先生因疫情不能到场,于线上深情诵读了所赋《先严周本淳传》一首,现将其中《蒙语》部分摘录如下:

诗学研究诗人色,《诗词蒙语》说心得。恣肆汪洋举实例,画龙点睛论诗则。面面俱到又入微,大处小处皆落墨。不刊之论比比是,深入浅出洵精核。

《蒙语》体大思精、价值斐然,可称是先生压卷之作。笔者旧读《诗词蒙语》时,发现书中有几则字误,曾致函给先生,不想函至之日,先生已驾鹤西去。此后先生的令媛周先林教授见到笔者,谈及先生之风雅,不由感慨倍至。南京大学莫砺锋教授在怀念周本淳先生的文章《小书大学问:读周本淳〈读常见书札记〉》(原载《南方周末》2021年12月9日C24版)中不但推崇《读常见书札记》这本“小书”,而且推荐了《诗词蒙语》这本更小的“小书”。他说“阅读周先生的‘小书’,他的音容笑貌浮现眼前”,莫教授曾与先生交游,回忆中“他性格爽朗且言谈坦率”,由是赞叹“如此耿直率性之人,方能著如此直言无隐之书。文如其人,岂虚言哉!”周先林教授曾命笔者属文怀之,笔者退而思曰:昔“姚门四杰”之姚莹著有《识小录》,此书博及经史子集。今之小文,亦题以《读〈诗词蒙语〉识小录》,以高示先生之学统,略寄后辈之思慕于万一云尔。

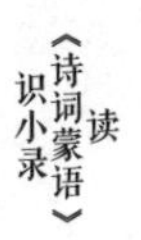

**附记:**

我在读大学二年级时,曾经就《诗话总龟》几处句读与解释给周本淳先生写过一封长信,承蒙周先生女公子周先林女公子转达了先生在病中的回复以及惠赐《读常见书札记》等著作,后学小子感激万分!此后继续研读周先生诸种大作,曾为其中《诗词蒙语》撰写了一篇读后感,初稿原载《淮阴师范学院学报》2006 年第 3 期,现根据葛云波兄惠寄的《周本淳集》,与弟子虞薇对初稿行进了扩充,区区微言,斗胆作为新版《诗词蒙语》之导读,吾等后学实可谓诚惶诚恐,佛头着粪。然先生之诗学精义,百载之后当足可契之文渊,为世法程。

壬寅年大暑,童岭记于金陵二炎精舍

# 自　序

我和诗词有不解之缘，从小爱读，稍长爱写，后来专门从事教学和研究，内容仍然离不开诗词。年已古稀，还以教授诗词为业。几十年沉潜反复，不能不有所感发。对于诗词之见识，既不肯尚同于时贤，又不屑苟异于当代，我明我心而已。近来偶将几十年之心得，汇集成编，名之曰《诗词蒙语》，以就正于同道。

“蒙语”之义，盖有两端。我虽从事诗词创作与研究，已逾半个世纪，有人亦曾以专家教授相推许，然而我还有自知之明，对于我国传统诗词之博大精深来说，我还只能算是此道中一名蒙童，所言者皆初学蒙童之见，所以谓之“蒙语”，此其一。蒙以养正，启蒙之道，实非易易。今之所述，对于后学于我者，或可为启蒙之资。“蒙语”又含启蒙之义，此其二。对于诗词之赏析，以及有关诗歌诗人诗话之考辨，拟与此合而为《蹇斋说诗》，久有兹念，但不知何日能圆此梦也。

戊寅夏孟，蹇斋周本淳自序于淮阴寓所。

## 一、唇吻调利　任其自然

——“三言两语”谈平仄

三言两语　三长两短　三心二意　三番五次

三朋四友　千方百计　千锤百炼　千难万险

千言万语　千叮万嘱　万紫千红　万水千山

上面这些词组，在我们日常口语中经常出现，这些数目字都是泛指的，但如果把每组的数目字位置变动一下说成“三次五番”、“百方千计”等，意思虽毫无变化，但讲起来总觉有些别扭。类似的情况，如“千头万绪”、“前思后想”、“胡言乱语”、“山穷水尽”、“山重水复”等，甚至本来水应该讲“清”，山应该讲“秀”，组成词组成为“山清水秀”而不说“山秀水清”。

为什么一变就觉得别扭呢？这和语义无关，完全是“平平仄仄”、“仄仄平平”的规律在起作用。可以这样说，四个字的词组，如果包括两个平声字（阴平、阳平，也就是普通话里除去入声转化的第一声、第二声）、两个仄声字（仄也写作侧，就是不平，平声以外的上、去、入三声，普通话里入声分到平、上、去三声去了，方言区和一部分官话区仍然保存了入声），只要意义上没有特定限制，一般都是按“平平仄仄”、“仄仄平平”的方式组合，而不会按“仄平仄平”、“平仄平仄”的方式：因为“平平仄仄”、“仄仄平平”这样组合讲起来顺口，听起来悦耳。律体诗要讲音律，也就是这个道理。

要分清平仄，先得分清“平、上、去、入”四声，这是汉语特有的。唐朝的处忠和尚曾在《元和韵谱》中说：“平声哀而安，上声厉而举。去声清而起，入声直而促。”明朝真空和尚在《玉钥匙歌诀》中提出四句口诀：

> 平声平道莫低昂，上声高呼猛烈强。去声分明哀远道，入声短促急收藏。

后来《康熙字典》沿用了这个歌诀。这个说法，按语音学家区分调值的观念来看，是不够科学的，但不失为一种通俗易懂的区分四声的简便方法。

究竟四声的区分从何时开始，专家们还没有得出一致的结论。抗战前，陈寅恪有《四声三问》（原载《清华学报》九卷2期，收入《金明馆丛稿初编》）一文，认为平、上、去三声是学习印度梵呗而成，产生于南北朝时。这篇论文很有名，影响很大，但仔细琢磨，难成定论。《诗经》里的韵脚，大体上已有平、上、去、入的区别，汉代乐府古诗按四声分部叶韵十分明显，三国时魏的孙炎开始用反切法来注《尔雅》的字音，那时必然已有四声的区分了。因为反切是汉字拼音的方式，两个字合成一个音（确切说是上一字的声母和下一字的韵母拼成一个音，再根据上字确定清浊），下一字的声调，就是被注的那个字的声调，那时必

一

然已有四声的区分,并且大家都已知道了,否则就不会应用。

但"四声"二字的出现,却到六朝时期。《隋书·经籍志》著录晋张谅《四声韵林》二十八卷。

其后沈约著有《四声谱》(这本书唐代就失传了)。梁武帝问周舍什么叫四声,周回答"天子圣哲"。史称"汝南周颙,善识声韵"。这时一些注意声韵之美的人"为文皆用宫商"。沈约在《晋书·谢灵运传论》里说:"欲使宫羽相变,低昂互节。若前有浮声,则后须切响。一简之内,音韵尽殊;两句之中,轻重悉异。"这就是说运用"平平仄仄"的规律来增加韵文的节奏感、旋律感。沈约还提出过要防止"八病"。古代诗歌是能唱的,唱就得有高低抑扬,沈约上文提到的"宫"、"低"、"浮"、"轻"就是指平声,这和"平声平道莫低昂"相当一致。"商"、"羽"、"切"、"重"、"昂"等就是指仄声,仄就是不平。

至于把"上去入"三声合称仄声而有"平仄"的名词,可能在沈约之后。旧《辞源》、《辞海》以及日本《大汉和辞典》说是出于《四声谱》,这是毫无根据的,因为《四声谱》唐代已失传,沈约自己在前面所引文中,仍然用"宫商"、"宫羽"、"低昂"等概念而未用平仄。《全唐诗》卷八〇六贞观时高僧寒山诗中说自己诗的特点"平侧不能压,凡言取次出",这可能是今天见到的最早用"平侧"字样的,但从这句诗分析,当时认为作诗该注意平仄，大约已成风气。

平仄的名称起于何时虽难确定，但齐梁以来，利用平声和其他三声的不同来增加诗歌的节奏感、旋律感，却是有目共睹的事。这样，经过百年的酝酿，终于形成一种平仄规律较严格的诗体，这就是唐朝特为盛行的律体诗（包括律诗和律绝）。这种风气，是齐永明年间开端的，第一个卓越成就的作家是谢朓（玄晖）。所以宋诗人赵紫芝说："辅嗣《易》行无汉学，玄晖诗变有唐风。"所谓唐风，就是指的平仄规律的自觉运用。

平平仄仄或仄仄平平，是口语里的习惯，组成五字句应该如何呢？每句尾部再加与三四相反的一个字，就变成平平仄仄平和仄仄平平仄两种，如果在中间加一个，那末只能把一二的平仄重复一字，变成平平平仄仄或仄仄仄平平，一共只有这四种句式。两句诗在一起，就应互相对应。以 - 代平，| 代仄，+ 表示可不问，如谢朓诗里有一些句子可这样标：

落日高城上，馀光入繐帷。

| | - - |，- - | | -。

空蒙如薄雾，散漫似轻埃。

- - - | |，| | | - -。

已惕慕归心，复伤千里目。

| | | - -，+ - - | |。

会舞纷瑶席，安歌绕凤梁。

| | - - |，- - | | - -。

一

叶低知露密，崖断识云重。

＋——||，＋||——。

这是开始时期，出现一些合乎律句的偶句。再进一步，如果四句都合乎平仄，那末就是一首律绝了，像何逊《为人妾怨诗》：

“燕戏还檐际，花飞落枕前。寸心君不见，拭泪坐调弦。”

||——|，——||—。＋——||，|||——。

又如《相送联句》之三：“高轩虽驻轸，徐日久无辉。以我辞乡泪，沾君送别衣”。

———||，||——。||——|，——||—。

上一首开头是仄仄二字，后来称之为“仄起”，下一首则称平起。又因为双数句必叶平韵，而第三句末一定是仄声，第一句可以用韵，也可以不用韵，于是在“平起”、“仄起”两大类之中，又各自有首句用韵不用韵的区别。如李商隐《听鼓》：

“城头叠鼓声，城下暮江清。欲问《渔阳掺》，时无祢正平。”

——||—，＋||——。||——|，——||—，这是平起首句叶韵。再如陆龟蒙《雁》：

“南北路何长，中间万弋张。不知烟雾里，几只到衡阳？”

＋||——，——||—。＋——||，|||——。（仄起，首句叶韵）

所谓律绝的格律就这四种,在写诗人中有一些术语。拿一首诗的四句来看,如果第一句不用韵,那末一句和二句,三句和四句平仄各自成对,这叫对。如“－－－丨丨”,下面就对以“丨丨丨－－”。那末二和三的关系又当如何呢?第二句如是“丨丨丨－－”,第三句“丨丨－－丨”,这两句一二四三处等同,一可不论,就是说二四平仄相同,而三五相反。三句“五”一定是仄声,而双句“五”一定是平声韵脚,所以“五”两句必相反。就一句之中来说,末尾三字一定有两种平仄,－－丨,丨丨－,丨－－,－丨丨,不能有丨丨丨,尤其不能是－－－,那叫三平调,是古诗的特点,一句之中第五字和第三字平仄必然相反,因此第三句和第二句第五字既相反,第三字也必然相反。这种二句和三句二四字平仄相同的情况,术语叫“粘”。靠这种粘、对的关系,只要确定第一句,下面可以延长到几百句,如首句是“丨丨－－丨”二句对“－－丨丨－”,三句粘“－－－丨丨”,四句对“丨丨丨－－”。五句粘“丨丨－－丨”,六句对“－－丨丨－”。七句粘“－－－丨丨”,八句对“丨丨丨－－”。稍微留心一下,从第五句起,已经是前四句的重演,周而复始,以至百千句。第一句如果用韵如“－－丨丨－”那末第二句末尾也必须用平声,就是“丨丨丨－－”二四相反,三五相同,下面粘“丨丨－－丨”,对“－－丨丨－”和不用韵的一样。

合乎这种平仄的就叫“律句”,否则就称为古句,如梁武帝两句诗:“一年漏将尽,万里人未归”,是“丨－丨－

|,||-|-”,这不合平仄规律的结构,称为古句。唐朝诗人戴叔伦仅仅将其换了一个同义词,十个字重新组织一下变成律诗的名句:“一年将尽夜,万里未归人。”符合平平平仄仄,仄仄仄平平的规律。七字句和五字句的关系是在句头加上平仄相反的两个字,依然是按照“平平仄仄”、“仄仄平平”的方式组合,也是四种格式:

平起首句用韵,如卢殷《晚蝉》:“深藏高柳背斜晖,能轸孤愁感昔围。犹畏旅人头不白,再三移树带声飞。”首句不用韵,如白居易《青门柳》:“青青一树伤心色,曾入几人离恨中。为近都门多送别,长条折尽减春风。”--||--|,+|--||-。||---||,--|||--。

仄起首句用韵,如韩愈《榴花》:“五月榴花照眼明,枝间时见子初成。可怜此地无车马,颠倒青苔落绛英。”||--||-,--+||--。+-||--|,+|--||-。

首句不用韵,如韩愈《楸树》:“几岁生成为大树,一朝缠绕困长藤。谁人与脱青罗帔,看吐高花万万层。”||---||,+-+||--。--||--|,||--||-。七言如果变成五言,就是去掉每句头上两个字。《南部新书》记过一则笑话,《诗话总龟》采入《讥诮门》。大中元年,魏扶主考,进了贡院,他写首七绝表态:“梧桐叶落满庭阴,锁闭朱门试院深。曾是昔年辛苦地,不将今日负前心。”榜出了,有人认为他不公,就把每句首二字

抹去，变成这样一首五绝，成为绝妙的讽刺：“叶落满庭阴，朱门试院深。昔年辛苦地，今日负前心。”“久旱逢甘雨，他乡遇故知。”为了强调，有人在头上各添两字：“十年久旱逢甘雨，万里他乡遇故知。”所以七言变成五言，只能斩头，不能去尾；五言变七言，只能戴帽，不能穿靴。为什么如此？因为最末一字，逢单（除首句用韵外）必仄，逢双必平；如果去末二字就不能保持这个特点了。

词的情况比律体诗复杂，但初期的小令从诗句增减变化而来，就一句来看，仍然和诗的律句一样，如“平林漠漠烟如织”（〔菩萨蛮〕）首句是－－||－－|，“谁道闲情抛弃久”（〔蝶恋花〕）首句是＋|－－－||，“缺月挂疏桐”（〔卜算子〕）首句是|||－－。“梳洗罢，独倚望江楼”（〔梦江南〕）头两句是－||，|||－－“往事只堪哀，对景难排”（〔浪淘沙〕）头两句是|||－－，||－－。“候馆梅残，溪桥柳细”（〔踏莎行〕）头两句是||－－－－||。“无言独上西楼，月如钩”（〔乌夜啼〕）头两句是－－||－－，|－－。

例子不必再多举了，说明从一句来说，词里的小令，仍然是按平平仄仄，仄仄平平这样的规律组合的。不过从整首来看，它根据不同的词牌，有不同的组合方式，千变万化，不像律绝只有四种格式；律绝一般只叶平韵，一韵到底。词的叶韵根据词牌，有平有仄，有换有不换，远较律绝复杂。但从一个句子的构成来看，仍然和“三言

一

两语”的基本形式分不开。所以,不要把平仄规律看得太神秘,其实这种规律早已扎根到一些词组里了,只要细细地把本文开头所举的“三言两语”等词组想一想,也就可以“思过半矣”。

最后,了解了平仄规律,到实际运用还有一段距离。这里注意几点:一、要多掌握一些词语,便于按平仄的需要来选用。譬如关门的“关”是平声,同义的“闭”却是仄声。所以杜甫《返照》:“衰年病肺唯高枕,绝塞愁时早闭门。”用“闭”字;苏轼《北寺》:“畏虎关门早,无村得米迟。”用“关”字,都是平仄决定的。又如“开”、“启”也是同义词,韩偓《寄邻庄道侣》:“闻说经旬不启关,药窗谁伴醉开颜?”白居易《郑处士诗》:“闻道移居村坞间,竹间多处独开关。”再如“绿苔”、“苍苔”意思差不多,李商隐《正月崇让宅》:“密锁重关掩绿苔,廊深阁迥此徘徊。”朱松《芦槛诗》:“未办松窗眠绿蒲,且将屐齿印苍苔。”还有譬如“飘流”也可用“飘泊”,“飘蓬”又可用“浪迹”,“莲花”可用“菡萏”来替代等等。多掌握一些同义或义近的词语,便于选用,这是一。

二是一些并列词组,可以根据需要来调动。如需要平平仄仄时,我们可以说“清风朗月”,“风清月朗”,“焚琴煮鹤”;需要仄仄平平时,就说“朗月清风”,“月朗风清”,“煮鹤焚琴”。

三是诗词句子里,可以根据平仄需要,安排词序,譬如说“遥看草色近却无”不合律,可以说成“草色遥看近却无”（韩愈《早春呈水部张十八员外》）；“行人一宿自可愁”改成“一宿行人自可愁”（张祜《金陵渡》）；“为谢残阳多情意”改为“多情为谢残阳意”（佚名《杂诗》）。稍微留心一下，可以说指不胜屈，读诗词时也得留心这个特点。

四是有些字在诗词里出现次数很多，它们本身就有平仄两读，如看、教、过、叹、禁、探、应、论、忘、离、醒、凭、量等，根据句子平仄来确定读音。还有一些字如骑、思、胜、称、重、监等等，两种读音表示两种意思，不能像“看”字等对待。另有一些字今天读平声，过去却读仄声，如烧、疗、援、稍等，在诗词里碰到时应该注意今古平仄的变化，不能以今例古，以为不合平仄。

平仄并不难掌握，读得多了，熟能生巧，出口就能合律，是一般学诗人都能达到的境界。

## 二、童蒙诵习　白首求工

——对偶和律诗

律诗是唐代正式确立而又大量创作的新体诗，对古体而说，又称为“今体”或“近体”。譬如姚鼐专选唐宋人的五七言律诗，就题名《今体诗抄》：今体诗是从永明体注意平仄发展成熟的。从平仄看，它是绝句的延伸。绝句(指律绝)也讲平仄，所以也有人把绝句称为“小律诗”或“半律”，律诗除平仄外，中间四句还要对偶。如王维《山居秋暝》：

空山新雨后，天气晚来秋。
－ － － | |　　+ | | － －
明月松间照，清泉石上流。
+ | － － |　　－ － | | －
竹喧归浣女，莲动下渔舟。
+ － － | |　　+ | | － －
随意春芳歇，王孙自可留。
+ | － － |　　－ － | | －

从平仄看，它是平起式，中间第三和第四句、第五和第六句各是一对。所以要理解律诗，就得知道什么叫对偶。

对偶是汉语特有的艺术。因为汉语以单音节为主，可以自由组合成整齐的一对句式。早期如“胡马依北风，越鸟巢南枝”。这两句的语法结构、修辞方式完全相同，“胡马”和“越鸟”都是偏正结构，而且都以地名为定语，“依”和“巢”都是动词，“北风”和“南枝”都是以方位词为定语的偏正结构。谢灵运的《登池上楼》从开头“潜虬媚幽姿，飞鸿响远音”到结尾的“持操岂独古，无闷征在今”都是对称结构。陶渊明诗如“暧暧远人村，依依墟里烟。狗吠深巷中，鸡鸣桑树颠”也相对称，但这是声律说之前的对句，不是严格意义的“律句”，因为都不合平仄相对的规律。“胡马”联的平仄是“－|－|－，||－－－”。“潜虬”联是“－－|－－，－－||－”。陶诗每句结尾都是平声，这和我们已知的平仄规律是不合的。像谢朓的“凉风吹月露，园景动清阴”，－－－||，+||－－，就完全是“律句”了。真正的对偶应该符合律句的要求，就是说，平仄要相反，语法结构等要相同，名词对名词，动词对动词等。封建社会，写律诗作为读书求仕人的基本要求，学会对偶是蒙童的必修课。蒙童课本的《千字文》都是四言韵语的对句，也有一些专门的书，对蒙童以及初学的人进行指导。《声律启蒙撮要》就是把一些常用的词语编成韵语，按韵部组织，让蒙童熟读，掌握对偶的规律，便于运用。举《一东》的一段为例：

## 二

> 云对雨，雪对风。晚照对晴空。来鸿对去雁，宿鸟对鸣虫。三尺剑，六钧弓，岭北对江东。人间清暑殿，天上广寒宫。两岸晓烟杨柳绿，一园春雨杏花红。两鬓风霜，途次远行之客；一蓑烟雨，溪边晚钓之翁。

这后面两句是为写骈文及作赋用的。还有一本书叫《笠翁对韵》，也是按韵分的，举《十三元》的一段：

> 卑对长，季对昆，永巷对长门。山亭对水阁，旅舍对军屯。扬子渡，谢公墩，德重对年尊。承《乾》对出《震》，迭《坎》对重《坤》。志士报君思犬马，仁王养老察鸡豚。远水平沙，有客泛舟桃叶渡；斜风细雨，何人携榼杏花村。

这是为初学说法，实际的律诗对句要比这复杂丰富得多。对句分辨起来，言人人殊。《文心雕龙·丽辞》说：

> 故丽辞之体，凡有四对：言对为易，事对为难；反对为优，正对为劣。言对者，双比空辞者也；事对者，并举人验者也；反对者，理殊趣合者也；正对者，事异义同者也。

刘勰基本上根据骈文用典来区分的。《诗苑类格》提出多种名称：

> 唐上官仪曰：诗有六对：一曰正名对，天地、日

月是也；二曰同类对，花叶、草芽是也；三曰连珠对，萧萧、赫赫是也；四曰双声对，黄槐、绿柳是也；五曰叠韵对，彷徨、放旷是也；六曰双拟对，春树、秋池是也。又曰诗有八对：一曰的名对，送酒东南去，迎琴西北来是也；二曰异类对，风织池间树，虫穿草上文是也；三曰双声对，秋露香佳菊，春风馥丽兰是也；四曰叠韵对，放荡千般意，迎延一介心是也；五曰联绵对，残河若带，初月如眉是也；六曰双拟对，议月眉欺月，论花颊胜花是也；七曰回文对，情新因意得，意得逐情新是也；八曰隔句对，相思复相忆，夜夜泪沾衣，空叹复空泣，朝朝君未归是也。（《诗人玉屑》卷七）



这种分法，是以作对所用的词语来分类，未免过于琐碎，除了第八和后来人称为“扇对”的相似之外，其他都不大为人所用。另外还有人创造一种名词叫“借对”：

“根非生下土，叶不坠秋风。”“五峰高不下，万木几经秋。”以“下”对“秋”，盖“夏”字声同也。“因寻樵子径，偶到葛洪家。”“残春红药在，终日子归啼。”以“子”对“红”，以“红”对“子”，皆假其色也。“闲听一夜雨，更对柏岩僧。”“住山今十载，明日又迁居。”以“一”对“柏”，以“十”对“迁”，假其数也。（同上）

## 二

这种“借对”也称“假对”，实在不能算对偶的正道，所以蔡宽夫批评说：

> 诗家有假对，本非用意，盖造语适到，因以用之，若杜子美“本无丹灶术，那免白头翁”；韩退之“眼穿长讶双鱼断，耳热何辞数爵频”。“丹”对“白”，“爵”对“鱼”，皆偶然相值，立意下句，初不在此。而晚唐诸人，遂立以为格：贾岛“卷帘黄叶落，开户子规啼”，崔峒“因寻樵子径，偶到葛洪家”为例，以为假对胜的对，谓之高手，所谓痴人面前不得说梦也。（同上）

实际上所谓“借对”、“假对”，不过是根据汉字同音多的特点，游戏笔墨。专意为之，并且不适当地加以夸大，就太偏颇了。因为汉字的特点，做出对联，还有所谓“无情对”，字面对得很工稳，而意思上毫不相干。如有人用“张之洞”和“陶然亭”为对，“张”和“陶”都是姓，“之”和“然”都是古文中的虚字，“亭”和“洞”都是同类的名词。还有人写这样一副对联：“公门桃李争荣日，法国荷兰比利时。”“公门”对“法国”，“桃李”对“荷兰”，“争荣”对“比利”，“日”对“时”，拆开来看，字字皆工稳，合起来却毫无瓜葛。这种只能说明汉字汉语单音节的多种功能，作为茶馀饭后的谈助则可，以之为创作的技巧而刻意追求，那就入了魔道。

最简单地将对句分类，可以分为“工”和“宽”两大类,以工为正宗。远的如晋代陆云和荀隐相谑,各举姓字,陆说"云间陆士龙",荀说"日下荀鸣鹤"。"云"对"日",都是名词,"间"对"下",都是方位,而"日下""云间"又各指地方。下面三字是各人的字,而"龙"和"鹤"又相对。这句话如果上下颠倒一下成为"日下荀鸣鹤,云间陆士龙"就是很工整的律句。此时声律说尚未兴起,两人声调方面只是巧合,但"云间"、"日下"却是有意识的对偶。律诗成立以后,对偶句是诗人必须刻意的地方。贾岛"独行潭底影,数息树边身"一联,他自己批说:"两句三年得,一吟双泪流。知音如不赏,归卧故山秋。"为什么他这两句如此费劲呢?因为除了字面对得工稳以外,"独行"、"数息"又都是佛家的术语,两句表面相对,意思却又相连贯,写出家人的苦行。杜甫是五七言律诗都有最高成就的大家,他自己说:"陶冶性灵存底物,新诗改罢自长吟。熟知二谢将能事,颇学阴何苦用心。"

阴铿、何逊都是六朝诗中注意琢句的高手。杜甫诗中好的对句是无法数清的,如写壮阔景象有"星垂平野阔,月涌大江流","吴楚东南坼,乾坤日夜浮"等,写细致的有"细雨鱼儿出,微风燕子斜","游蜂粘落絮,行蚁上枯梨"等。典重的如"旌旗日暖龙蛇动,宫殿风微燕雀高"。闲适的如"老妻画纸为棋局,稚子敲针做钓钩"等。再如"红豆啄馀鹦鹉粒,碧梧栖老凤凰枝"给后人律诗对偶开无限法门。

## 二

杜甫以后，律诗的对偶愈见精工。前人常用“摘句”的方式来欣赏。如于良史“风兼残雪起，河带断冰流”，悟清“鸟归花影动，鱼没浪痕圆”，严维“柳塘春水漫，花坞夕阳迟”，杜荀鹤《春宫怨》“风暖鸟声碎，日高花影重”等。用富丽环境写浓重春愁，在诗中实不多见，所以有人题杜荀鹤诗：“杜诗三百首，尽在一联中：风暖鸟声碎，日高花影重。”上举一些句子主要是名词、动词或形容词组成而不用虚字，两句的关系如双峰并峙，轻重相当，这就显出“工对”的特色。

还有一种对句，字面上也对得工稳，但意义上不是双方对立而是一脉相承，如同流水般的自在，过去称之为“流水对”。如司空曙“乍见翻疑梦，相悲各问年”；李嘉祐“独随流水去，转觉故人稀”；李益“问姓惊初见，称名忆旧容”；戴叔伦“如何百年内，不见一人闲”；白居易“野火烧不尽，春风吹又生”；张籍“长因送人处，忆得别家时”；周贺“空将未归意，说向欲行人”等等。这类流水对，多半有虚词呼应，杜甫有“谁怜一片影，相失万重云”，王维有“行到水穷处，坐看云起时”等，应该是较早的成功的流水对。

为了句子的充实，有时就用两个词组或名词、数词构成对句，给人更多的启发联想，如韩翃“星河秋一雁，砧杵夜千家”；司空曙“雨中黄叶树，灯下白头人”；许浑“雪夜书千卷，花时酒一瓢”，而温庭筠的“鸡声茅店月，人迹板桥霜”，杜牧的“门外韩擒虎，楼头张丽华”更是脍炙人口。宋人如黄庭坚“平生几两屐，身后五车书”则成为用典的范例。宋人琢句更加用心，即使不太出名的小家，如夏竦“山势蜂腰断，溪流燕尾分”，蔡天启“柳间黄鸟路，波底白鸥天”，杨徽之“新霜染枫叶，皓月借芦花”等等，状物写景也不失为精工。

七言较五言多两个字，更便于腾挪，但毛病往往流动有馀，厚实不足。如元稹“唯应鲍叔犹怜我，自保曾参不杀人”；牛僧孺“休论世上升沉事，且斗樽前见在身”，都稍感不厚。像杜牧“但将酩酊酬佳节，不用登临叹落晖”；李商隐“空闻虎旅传宵柝，无复鸡人报晓筹”；“玉玺不缘归日角，锦帆应是到天涯。于今腐草无萤火，终古垂杨有暮鸦”等等，因气势雄浑，就觉流动而又厚实，是用虚词衬句的杰构。

一般七言句多有一两个动词或形容词表动态，如钱起“长乐钟声花外尽，龙池柳色雨中深”；王随“一声啼鸟禁门静，满地落花春日长”；李群玉“野庙向江春寂寂，断碑无字草芊芊”；方干“鹤盘远势投孤屿，蝉曳残声过别枝”；温庭筠“绿树绕村含细雨，寒潮背郭卷平沙”；皇甫冉“燕知社日辞巢去，菊为重阳冒雨开”；杨汝士“文章旧价留鸾掖，桃李新阴在鲤庭”；许浑“潮生水国蒹葭响，雨过山城橘柚疏”。宋人名家如晏殊“干斗气沉龙已化，置刍人去榻犹悬”；钱惟演“雪意未成云着地，秋声不断雁连天”；吴可“风前有恨梅千点，溪上无人月一痕”；石敏若“千里江山渔笛晚，十年灯火客毡寒”等等，都是如此，这是七言对句的常规。

和五言一样，七言也有只用名词性词组组合，不用动词而成的句子，特别给人厚重的感觉，宋人尤其擅长。像黄庭坚“桃李春风一杯酒，江湖夜雨十年灯”；陈与义“客子光阴诗卷里，杏花消息雨声中”；陆游“楼船夜雪瓜洲渡，铁马秋风大散关”等等，久已为人推许。黄的一联将两人分别的情景和十年别后的生活展现出来，而一种浓烈的思念之情，跃然纸上。陈与义写的诗人春晚的感受，陆游点化为“小楼一夜听春雨，深巷明朝卖杏花”，各极其妙。陆游将过去的战场和水陆出击金兵的战略、时机都在十四字的时令、景物和地名中表现出来。千载而下读之，犹令人激动不已。

五言句一般上二下三，七言句一般上四下三，但有时为了表达的需要变成上三下二或上五下二，如周繇“野店寒无客，风巢动有禽”；任藩“送终时有雪，归葬处无云”；王淡交“似梅花落地，如柳絮因风”；杜甫“永夜角声悲自语，中天月色好谁看”。这些前人也叫“折腰句”，偶一为之，可以增加情趣，但不宜多用。在音节方面，结尾是－－|，||－的，有时为了峭拗变成|－|，－|－，这是中晚唐后常见的，如刘长卿“渡口月初上，人家渔未归”；于良史“掬水月在手，弄花香满衣”；刘沧“残影郡楼月，一声关树鸡”；赵嘏“残星几点雁横塞，长笛一声人倚楼”；许浑“溪云初起日沉阁，山雨欲来风满楼”；杜牧“寒林叶落鸟巢出，古渡风高渔艇稀”等等。

在一首中一般只宜于一联出现这种现象。

不管是折腰句还是拗句，都是工对。白居易有“东涧水连西涧水，南山云作北山云”，“东西”、“南北”相对，而句中又各自为对，可以称之为“巧对”。梅尧臣学习这种方式云“野水自添田水满，晴鸠却唤雨鸠归”，这只能使人看到巧，而不见沉郁。而李商隐“座中醉客延醒客，江上晴云杂雨云”就觉沉郁顿挫。苏轼哭一个乡僧的诗“三过门间老病死，一弹指顷去来今”，也是工巧而沉重。最工巧的要数苏轼“前身应是卢行者，后学过呼韩退之”一联。其字面非常工稳，连人名的每一个字都相对，而“韩卢”又是专门名词，意思却一气贯注。大约太得意了，在诗中用过两次（一联在几处用，元好问、陆游是常事，苏轼却仅此一联）。柳宗元诗“莳药闲庭延国老，开樽虚室值贤人”，猛一看已很不错，再深一步，甘草称为国老，清酒为圣，浊酒为贤，就觉得别有情趣。对偶是离不开用典的，要写得精彩，还必须练字，这两项都是写旧诗词的基本功，不是三言两语能说清的，另作专题论述，这里从略。



和工对相反的我们叫“宽对”，如杜甫“酒债寻常行处有，人生七十古来稀”；陈师道“一日虚声满天下，十年从事得途穷”等，从后面三个字看，并不太工稳，但意思特好，这叫宽对。甚至如王维“倚杖柴门外，临风听暮蝉”，后面三个字根本不对，仍然算一联好诗。

对句怎样才算好？这是一个十分复杂而又细致的

## 二

问题，工稳只是基本要求，不等于精彩。如黄庭坚“霜林收鸭脚，春味荐猫头”，可称工稳，因为“鸭脚”是白果，“猫头”是笋，从工巧说，超过“桃李春风一杯酒，江湖夜雨十年灯”，但从诗味说，“霜林”一联只是工巧，容量不大，而“桃李”一联无限感慨，令人一唱三叹。苏轼从黄州放回，过南京，写了一首五言排律。王安石读到“峰多巧障日，江远欲浮天”两句，大为击节说：“老夫平生作诗，无此两句。”为什么王安石这样佩服呢？固然两句能写出南京的江山之胜，一远一高。但我以为这“峰多巧障日”却又能若即若离地指斥时政。这时王安石也被吕惠卿排挤出政府了，而从来小人都有各种机巧蒙蔽人君。“浮云蔽白日，游子不顾返”是人皆传诵的；峰多障日却是苏轼有感而发，又完全切合南京山水的特点，耐人寻味。王安石正是从诗的深刻含义来评价的。所以好的联语，容量要大，含义要深，这是一。

二是如果写景，要求气象雍容，语言简练。有人称某人《咏松》诗好，云：“影摇千尺龙蛇动，声撼半天风雨寒。”一个和尚在旁边直摇头说：不如“云影乱铺地，涛声寒在空”。后来人把这两联诗告诉梅尧臣，梅说：“言简而意不遗，当以僧语为优。”

孔平仲、盛次仲在馆中雪夜直宿，碰到大雪，两个人相约写一联雪诗，要作未经人道语。孔说：“斜拖阙角龙千尺，淡抹墙腰月半棱。”很得意，盛却说：“诗好是好，可惜气象不大。”孔要盛吟两句，盛说：“看来天地不知夜，飞入园林总是春。”从这两个例子可以领会联语要注意气象和语言。

三是要注意利用反差增强气势，把大小、多少、轻重、远近等等组织在一联中，如王湾“海日生残夜，江春入旧年”，能置生意于残晚中，人皆乐道。杜甫“一去紫台连朔漠，独留青冢向黄昏”，“紫台”和“青冢”大小不侔又相去万里。李白“人分千里外，兴在一杯中”，“千里”和“一杯”形成多少远近的反差。苏轼“忆共骑鲸游汗漫，也曾扪虱话悲辛”，用“骑鲸”和“扪虱”相对，大小的反差何等鲜明，在七古中他又有“龙骧万斛不敢过，渔舟一叶从掀舞”，“龙骧万斛”和“渔舟一叶”也是用反差形成鲜明效果。



四是用典要防止熟滥，像陆游“国家科第与疯汉，天下英雄唯使君”，一句用仇士良的话，一句用曹操的话表达陈阜卿当年不顾秦桧的气焰，冒死把自己擢置第一的胸怀。这样的用典就使联语格外有力。这个问题将有专章论述，在此只点一点而已。

五是要避免粘滞和合掌，尽量防止两句从一个方面着笔。如石延年咏红梅诗“认桃无绿叶，辨杏有青枝”，被苏轼所讥笑：“诗老不知梅格在，更看绿叶与青枝。”因为石只从枝叶的颜色来写，而林和靖“疏影横斜水清浅，暗香浮动月黄昏”却一直为人称道，因为他把梅花置于水月之中，从影和香两个角度来写。元朝的萨都刺《送濬天渊入朝》一联：“地湿厌闻天竺雨，月明来听景

二

阳钟。”自己很得意，而一个老者却指出“闻”和“听”合掌，也就是说两句都从听觉写。后来把“闻”字改成“看”字才稳当。

以上这几点对一联说是这样，对全诗说也适用。懂得对偶，讲律诗就比较容易了。律诗三和四，五和六要分别成对。我们习惯把一二两句叫首联，三四叫颔联，五六叫颈联，最后叫尾联。我们可以再举杜甫五律七律各一首为例来说明。五律《春望》：

国破山河在，城春草木深。

| | – – |　　– – | | –

感时花溅泪，恨别鸟惊心。

+ – – | |　　| | | – –

烽火连三月，家书抵万金。

+ | – – |　　– – | | –

白头搔更短，浑欲不胜簪。

+ – – | |　　+ | | – –

颔联的结构是二三，前面动宾，后面主动宾。而颈联却是二一二，名词词组加动词词组，结构显然不同。再看七律《咏怀古迹》：

群山万壑赴荆门，生长明妃尚有村。

– – | | | – –　　+ | – – | | –

一去紫台连朔漠，独留青冢向黄昏。

| | + – – | |　　+ – + | | – –

画图省识春风面，环佩空归夜月魂。

＋－||－－|　　＋|－－||－

千载琵琶作胡语，分明怨恨曲中论。

＋|－－|－|　　－－|||－－

颔联是动词加状语开头，颈联是名词，颔联后三字是动词加名词，颈联是名词词组。颔联中间二字是名词，颈联是动词。区别是明显的。一般说来，颔联和颈联应该有变化。

律诗中的颔联和颈联不但在句式上应有变化，而且在内容上一般也要有变化。如《春望》颔联写所见景物，是眼前的感受；颈联则从连年的战乱而感慨不得家人消息，是心中的焦虑和渴望。《咏怀古迹》颔联写昭君的出塞，着重生到死，颈联则写其死后的魂归。后来一般的律诗常常是颔联写景，颈联叙事抒情，或者相反。如杜甫《月夜忆舍弟》，“戍鼓断人行，边秋一雁声。露从今夜白，月是故乡明”，写当前景物；“有弟皆分散，无家问死生。寄书常不达，况乃未休兵”，写深沉的感伤。

一首好的律诗，颔联或颈联一般应有一联特别精彩，所以一般人写律诗中间两联肯下工夫。这已经不容易，但实际上尾联比中间还要难。它要能“含不尽之意见于言外”，使人觉得语已尽而情意未完。像《春望》前六句写出如此沉重的情感，结以“白头搔更短，浑欲不胜簪”，归结到头发白而渐少，联系上文，如此时世，如此忧伤，身体又如此衰老。前途将如何呢？能不能看到

二

烽火的消除？能不能待到家人的团聚？这些问题就包含在这些看似平淡的结语中。尾联难首联更难，因为一定要带动全局。《春望》起处更是名句："国破山河在，城春草木深"，如司马光所说"山河在，明无馀物矣；草木深，明无人矣"。这一起像满腔悲愤喷薄而出。刘禹锡的《石头城》："山围故国周遭在，潮打空城寂寞回。淮水东边旧时月，夜深还过女墙来。"也是说除了城墙、淮水、明月之外，什么也不见了，我以为就是化"国破山河在"的起句。

一般地说，律诗应有好的颔联或颈联，两联之间要有所变化，但也有例外。明朝许学夷《诗学辩体》卷十六中有一段话很有见地：

> 古人为诗，有语语琢磨者，有一气浑成者。语语琢磨者称工，一气浑成者为圣。语语琢磨者，一有相类，疑为盗袭；一气浑成者，兴趣所到，忽然而来，浑然而就，不当以形似求之。

譬如杜甫《捣衣》："亦知戍不返，秋至拭清砧。已近苦寒月，况经长别心！宁辞捣衣倦，一寄塞垣深。用尽闺中力，君听空外音。"颔联颈联句式相同，但一气旋转而下，一点不觉单调。杜甫这首属对还是工稳的。至于孟浩然五律名篇《与诸子登岘山》："人事有代谢，往来成古今。江山留胜迹，我辈复登临。水落鱼梁浅，天寒梦泽深。羊公碑尚在，读罢泪沾襟！"颈联是工稳的，颔联则连“宽对”都勉强。李白五律名篇《夜泊牛渚怀古》:“牛渚西江夜,青天无片云。登舟望秋月,空忆谢将军。余亦能高咏,斯人不可闻。明朝挂帆去,枫叶落纷纷。”平仄完全符合于仄起五律,但颔联颈联都似对非对,人们仍然公认是五律名篇,就因为是一气浑成的关系。

严沧浪把崔颢《黄鹤楼》推为唐人七律压卷之作,全诗如下:

> 昔人已乘黄鹤去,此地空馀黄鹤楼。黄鹤一去不复返,白云千载空悠悠。晴川历历汉阳树,芳草萋萋鹦鹉洲。日暮乡关何处是,烟波江上使人愁。

前四句简直像是七言歌行,只后半工整,也是因为一气浑成,受到后人的称赞。

我们能不能根据上面几首特例就说律诗不必讲求对偶呢?不能,因为上面几首是特例。正常的情况,两联都需要对偶,至少要有一联很工稳。如果没有能力属对而以崔颢、李白为借口,那更是错误的,崔、李他们别的诗篇依然是对得很工稳的。

词里也常有对偶,但不限于五七言,如〔踏莎行〕“小径红稀,芳郊绿遍”和“翠叶藏莺,珠帘隔燕”(晏殊),“雾失楼台,月迷津渡”,“驿寄梅花,鱼传尺素”(秦观),是四言对;〔鹧鸪天〕“书咄咄,恨悠悠”,“思往事,念今吾”(辛弃疾)是三字对,四言对用得更广泛。但词里该对

二

的地方，平仄不能含糊，句法却可变通，如〔满庭芳〕起句是四字对，拿秦观来说："山抹微云，天粘衰草"，十分出名，但同样也有"晓色云开，春随人意"的开头不大对的。〔鹧鸪天〕是晏幾道的名篇，"彩袖殷勤捧玉钟"却用"从别后，忆相逢"，也不成对偶。说诗者不以词害意，写诗者也不以词害意。为了表情达意的需要，词里的对偶可以变通，但词是要唱的，它的音律却须按谱填字，不能马虎。

## 三、抒情遣语　各有攸宜

### ——作诗和填词

一

有这样一则笑语，宋朝有名的诗僧惠崇，有一联五言律诗很自负，叫作“河分岗势断，春入烧痕青”。实际上是袭用唐人成句。因此他的师弟写诗嘲笑他说：“河分岗势司空曙，春入烧痕刘长卿。不是师兄多古句，古人诗句似师兄。”这件事首先见于司马光的《续诗话》，说是“时人或有疑其犯古者”作诗云云。《诗话总龟前集》的《讥诮门》引《闲居诗话》和《评论门中》引《古今诗话》都载有此事，以及他书所引只后两句略有不同，或作“不是师偷古人句”，或作“不是师兄多犯古，古人诗句犯师兄”。

这件事说明一点：作诗（不是集句）袭用前人名句最犯忌讳，恐怕连皎然所谓“钝贼”也不如。乐府诗是例外。如曹操《短歌行》就使用《诗经》成句，那是为了唱奏。一般诗作只有用以评论其人其诗，才可引其成句。姑引数例：

李白“解道‘澄江净如练’，令人长忆谢玄晖”（“馀霞散成绮，澄江净如练”是谢朓名句）。唐朝诗人杨巨源曾经有名句“三刀梦益州，一箭取辽城”（《全唐诗》卷三三三，此诗仅存此一联）。白居易《赠杨秘书巨源》就说：“早闻‘一箭取辽城’，相识虽新有故情。”张祜诗：“故国三千里，深宫二十年。一声河满子，双泪落君前。”杜牧为张祜鸣不平，就说：“可怜（一作如何）故国三千里，虚唱歌词满六宫。”这些是只引一句的。苏东坡《送张嘉州》七古中有四句说：“‘峨嵋山月半轮秋，影入平羌江水流’。谪仙此语谁解道，请君见月时登楼。”前面两句是李白的，这又发展了一步，但还是游戏笔墨（古香斋本《施注苏诗》卷二十九，“君”误为“看”，今依《苕溪渔隐丛话前集》卷四十二改正）。到了元好问《论诗绝句》就广泛应用，“‘有情芍药含春泪，无力蔷薇卧晚枝’。拈出退之山石句，始知渠是女郎诗”（前两句是秦观《晚春绝句》里的）。这是诗里的特殊情况。

填词则是另外一回事，引用前人成句可以不打招呼。如范仲淹《岳阳楼记》是为滕宗谅写的。滕宗谅在岳阳填过一首〔临江仙〕，也是滕宗谅留下来的唯一一首词，传诵人口。原词如下：

湖水连天天连水，秋来分外澄清。君山自是小蓬瀛。“气蒸云梦泽，波撼岳阳城。” 帝子有灵能鼓瑟，凄然依旧伤情。微闻“兰芝动芳馨”。“曲终人不见，江上数峰青。”

## 三

上半阕末两句是孟浩然写洞庭湖的名句。下半阕后面十五个字是钱起《省试湘灵鼓瑟》五言六韵里的，特别是末韵更是脍炙人口。无独有偶，秦观一首〔临江仙〕末韵也用这两句：

千里潇湘挼蓝浦，兰桡昔日曾经。月高风定露华清。微波澄不动，冷浸一天星。　　独倚危楼情悄悄，遥闻妃瑟泠泠。新声含尽古今情。"曲终人不见，江上数峰青"。

吴曾《能改斋漫录》卷十六《用江上数峰青之句填词》条就记了这两首词。甚至专门用前人名句乃至改为调名，如贺方回一首〔临江仙〕，被黄山谷改名为〔雁后归〕：

巧剪合欢罗胜子，钗头春意翩翩。艳歌浅笑拜嫣然。愿郎宜此酒，行乐驻华年。　　未至文园多病客，幽襟凄断堪怜。旧游梦挂碧云边。"人归落雁后，思发在花前。"

根据《复斋漫录》的记载：

山谷守当涂，方回过焉，人日席上作也。腔本〔临江仙〕，山谷以方回用薛道衡诗，故易以〔雁后归〕云。唐刘餗《传记》云：隋薛道衡聘陈为人日诗曰："入春才七日，离家已二年。"南人嗤之，及云："人归落雁后，思发在花前。"乃曰名下无虚士。（《诗话总龟后集》卷三十一所引）

“人归落雁后，思发在花前”是薛道衡的名句。贺方回用它入词，不但不犯忌讳，还受到黄山谷的激赏，并且换个调名。

甚至当时的名句，也就可以写入词中。如黄庭坚《冲雪宿新寨忽忽不乐》(《外集》卷二)中间最有名的一联：“山衔斗柄三星没，雪共月明千里寒。”同时的王晋卿(诜)就用这一联凑成一首〔鹧鸪天〕：

> 才子阴风度远关，清愁曾向画图看。“山衔斗柄三星没，雪共月明千里寒。” 新路陌，旧江干。崎岖谁叹客程难。临风更听昭华笛，簌簌梅花满地残。(《诗话总龟前集》卷十四引《王直方诗话》)



可见在能不能用别人的名句入作品方面，作诗和填词是两码事。有时因为读前人的诗多了，自己写时不经心而犯重，像前人列举的陈师道之于杜诗，常常有句意相似处，这还情有可原，并非有意抄袭。但对别人的名句总以回避为上策，否则便有“生吞活剥”之嫌。

## 二

上面填词用前人名句，一读便知。还有一种情况，在诗里平平淡淡，一入词便精彩百倍，于是遂有误为词人自作的，姑举两例：

> 多少恨，昨夜梦魂中。犹记去年游上苑，“车如流水马如龙”。花月正春风。

这是李后主传诵人口的〔望江南〕小令。“车如流水马如龙”，特别能写出当年的豪华景象，反衬此时亡国之哀。稍不经心的人，以为全为自作。其实是别人的。洪迈《万首唐人绝句》卷七十一苏颋《公主宅夜宴》：

> 车如流水马如龙，仙史高台十二重。天上初移衡汉匹，可怜歌舞夜相从。

这首七绝平庸之极，首句亦不见精彩，而采入词中，顿改旧观。再如翁宏《春残》：

> 又是春残也，如何出翠帏？落花人独立，微雨燕双飞。寓目魂将断，经年梦亦非。那堪向愁夕，萧飒暮蝉辉。（《全唐诗》卷七百六十二）

翁宏今存诗一共就是三首五律，全无精彩可言。“落花”一联尤觉纤弱。晏小山〔临江仙〕一经采入，传诵千古，遂使不少人当成小山名句，全词如下：

> 梦后楼台高锁，酒醒帘幕低垂。去年春恨却来时。“落花人独立，微雨燕双飞。”　记得小蘋初见，两重心字罗衣。琵琶弦上说相思。当时明月在，曾照彩云归。

## 三

同是一人之作，入词是名句，入诗顿失光彩，如晏殊〔浣溪沙〕：

一曲新词酒一杯，去年天气旧池台。夕阳西下几时回？　无可奈何花落去，似曾相识燕归来。小园香径独徘徊。

这是传诵人口的。晏殊诗当时人曾说所作过万首，但传于今的廿馀首而已。《宋诗纪事》卷七有《示张寺丞王校勘》一首：

元巳清明假未开，小园幽径独徘徊。春寒不定斑斑雨，宿醉难禁滟滟杯。无可奈何花落去，似曾相识燕归来。游梁赋客多风味，莫惜金钱万选才。

同是“无可奈何”一联，在词何等精神，入诗何等疲茶。苏轼有一首〔定风波〕词：

莫听穿林打叶声，不妨吟啸且徐行。竹杖芒鞋轻胜马，谁怕？一蓑烟雨任平生。　料峭春风吹酒醒。微冷，山头斜照却相迎。回首向来萧飒处，归去，也无风雨也无晴。

晚年谪居海南，有《独觉》一首：

瘴雾三年恬不怪，反畏北风生体疥。朝来缩颈似寒鸦，焰火生薪聊一快。红波翻屋春风起，先生默坐春风里。浮空眼缬散云霞，无数心花发桃李。倏然独觉午窗明，欲觉犹闻醉鼾声。回首向来萧瑟处，也无风雨也无晴。（古香斋本《施注苏诗》卷三十七）

这结尾两句，在〔定风波〕中可称健拔语，入古诗结尾,便嫌纤弱。坡词以豪放见称尚且如此,何况婉约作家!

## 四

同一时间咏同一题材,诗词亦自有别,东坡在密州祭常山回打了一次猎,写过一首七律,填了一首〔江城子〕,试加比较,可以领会其中异同之处。

祭常山回小猎

青盖前头点皂旗,黄茅岗下列(出)长围。弄风骄马跑空立,趁兔苍鹰掠地飞。回望白云生翠巘,归来红叶满征衣。圣明若用西凉簿,白羽犹能效一挥。

江城子·密州出猎

老夫聊发少年狂,左牵黄,右擎苍。锦帽貂裘,千骑卷平岗。为报倾城随太守,亲射虎,看孙郎。

酒酣胸胆尚开张,鬓微霜,又何妨,持节云中,何日遣冯唐?会挽雕弓如满月,西北望,射天狼。

两作同是打猎想到尚能为国效武建功立业,但措词风味自别。

东坡〔瑞鹧鸪〕词从形式看纯似一首七律,但自为词而非诗:

碧山影里小红旗,侬是江南踏浪儿。拍手欲嘲山简辞,齐声争唱浪婆词。　西兴渡口帆初落,鱼浦山头日未攲。侬送潮回歌底曲,尊前还唱使君诗。

## 五

幼年曾闻吴霜厓老人对诗、词、曲语言风格做过扼要的概括:曲欲其俗,诗欲其雅,词则介乎二者之间;诗语可以入词,词语可以入曲,而词语不可入诗,曲语不可入词。先师胡小石先生曾就此下一转语:七言绝句若稍杂词语,转增风神韵味。当时未能深入领会。此后数十年涉猎诗词较多,然后始知言简意赅,确乎经验之谈。秦观词人,元遗山虽曾以女郎诗嘲之,然绝句极有风神,未能一概抹杀,如:

月团新碾瀹花瓷,饮罢呼儿课楚辞。风定小轩无落叶,青虫相对吐秋丝。

境界虽小,风神摇曳,耐人讽味。姜白石诗词均工,南宋名家,而诗体中尤以七绝为最,倘亦可为胡先生之说作一例乎。

# 四、六字常语一字难

——谈练字

## 一

“六字常语一字难”，韩愈《记梦》诗中这一句，后人常常引来说明诗文练字的问题。因为一个关键的字用得确切生动，就使得全句乃至全篇都活，反过来也一样。《文心雕龙·练字》说到个中甘苦：“善为文者，富于万篇，贫于一字。”为什么？他又说：

> 夫人之立言，因字而生句，积句而成章，积章而成篇。篇之彪炳，章无疵也；章之明靡，句无玷也；句之清英，字不妄也。（《丽辞》）

弄得不好，“一字诡异，则群句震惊”（《练字》），因为“声画妍蚩，寄在吟咏，吟咏滋味，流于字句”（《声律》）。

六朝人重视练字，唐宋人更多这方面的议论。诗词中，常因一字生动而传为佳话，变为称号，如“红杏枝头春意闹尚书”（宋祁），“云破月来花弄影郎中”（张先），关键就在“闹”、“弄”两个字用得活。王国维《人间词话》以境界论诗词，他就说“着一闹字”、“着一弄字”而“境

界全出”(卷上)。欧阳修〔浣溪纱〕上半阕:

> 堤上游人逐画船,拍堤春水四垂天,绿杨枝外出秋千。

晁无咎称赞说:“只一出字,自是后人道不到处。”(《能改斋漫录》卷十六)唐宋作家,没有不重视练字的。老杜说:“为人性僻耽佳句,语不惊人死不休。”这也包括修改在内。所以老杜又说:“陶冶性灵存底物,新诗改罢自长吟。”《漫叟诗话》说:

> “桃花细逐杨花落,黄鸟时兼白鸟飞。”李商老云,尝见徐师川说,一士大夫家有老杜墨迹,其初云,“桃花欲共杨花语”,自以淡墨改三字。乃知古人字不厌改也。不然,何以有日锻月炼之语!(《苕溪渔隐丛话前集》卷八)



可惜老杜自己修改的诗稿,我们今天已无法看到。传世各本杜诗的差异,固然多数是传刻的问题,但也不能完全排斥其中有自己修定的可能。后人提到练字,总乐于举杜为例,王安石说:

> “暝色赴春愁”(淳按:此为皇甫冉《归渡洛水》诗首句,宋元人多误以为杜诗),下得赴字好,若下起字,便是小儿语也。“无人觉来往,疏懒兴何长。”下得觉字大好,足见吟诗要一字两字工夫。(《诗话总龟前集》卷六引《金陵语录》)

元朝四大家的杨载《诗法家数》说:

## 四

诗要练字，字者眼也。如老杜诗，“飞星过水白，落月动檐虚”，练中间一字。“地坼江帆隐，天清木叶闻”，练末后一字。“红入桃花嫩，青归柳叶新”，练第二字。非练归入字，则是儿童诗。又曰“暝色赴春愁”，又曰“无因觉来往”，非练赴、觉字便是俗诗。

凡是诗人，没有不注意修改的。张文潜云：

世以乐天诗为得于容易而来。尝于洛中一士人家见白公诗草数纸，点窜涂之，及其成篇，殆与初作不侔。（《苕溪渔隐丛话前集》卷八）

## 二

晚唐以来，流传许多“一字师”的故事。如陶岳《五代史补》说：

郑谷在袁州，齐己携诗谒之。有《早梅》诗云：“前村深雪里，昨夜数枝开。”谷曰：“数枝，非早也，未若一枝。”齐己不觉下拜。自是士林以谷为“一字师”。（《诗人玉屑》卷六）

这个一字也许有双关意，一枝才能突出早的特点，把数字改成一字，同时又是只改了一个字。《娱书堂诗话》卷上有一例和此相近：

僧岛云过盱江麻姑山，题绝句云：“万叠峰峦入太清，麻姑曾此会方平。一从宴罢归何处，宝殿瑶台空月明。”先作“自从”，后于同辈举似，同辈云：“清固清矣，‘自’字未稳，当作‘一’字。”云服其言。暨再入山，已为人改作“一从”矣。亦可谓“一字师”。

元朝著名诗人萨都剌也曾拜一个老头做一字师：

萨天锡有一诗送濬天渊入朝：“地湿厌闻天竺雨，月明来听景阳钟。”闻者无不脍炙。惟山东有一叟鄙之。公以素惬意，特步访问其故。叟曰：“此联措辞固善，但闻字与听字一合耳。”公曰：“当以何字易之？”叟徐曰：“看天竺雨。”公诘其看字。叟曰：“唐人有‘林下老僧来看雨’。”公俯首拜为一字师。（吴景旭《历代诗话》卷六十五）



这里“听”字和“闻”字都是诉诸视觉，有点“合掌”的毛病，萨不是贸然接受，而要用字有来历。吴旦生说：“祖咏诗‘海色晴看雨，钟声夜听潮’，直是天锡二语先鞭。不独‘林下老僧’句也。”这说明改一个字还要有根据，避免生造。

后世把改一两个重要字的，都称为“一字师”。齐己拜郑谷为一字师，张迥又拜齐己为“一字师”。潘若冲《郡阁雅谈》说：

（张迥）有《寄远》诗云：“锦字凭谁达，闲庭草又枯。夜长灯影灭，天远雁声孤。蝉鬓凋将尽，虬髯白也无？几回愁不语，因看《朔方图》。”携卷谒

齐己。点头吟讽无斁，为改"虬髯黑在无"，迥遂拜作一字师。(《诗话总龟前集》卷六)

张迥写的是妇女怀念边地丈夫的诗，"黑在无"和"白也无"意思差不多，但一则着眼在"黑"，一则着眼于"白"，似乎惟恐其不白，一改就变成生怕黑色的消失，感情的色彩大不相同。明明改了两个字，也说是"一字师"。

《竹坡诗话》说：

汪内相将赴临川，曾吉父以诗送之，有"白玉堂中曾草诏，水晶宫里近题诗"之句，韩子苍改云："白玉堂深曾草诏，水晶宫冷近题诗。"吉父闻之，以子苍为一字师。(又见《苕溪渔隐丛话后集》卷三十四)

原诗的"中"和"里"本来可有可无，改成"深"和"冷"，就渲染了两处的气氛。这里明明改了两个字，也说是"一字师"。改字除了力求生动准确之外，有时和专门知识有关。范仲淹有首《采茶歌》，当时传诵。中间两句："黄金碾畔绿尘飞，碧玉瓯中翠涛起。"蔡襄是茶道专家，曾经写过《茶录》，看到这首诗就对范仲淹说这两句话有毛病，因为最好的茶，颜色是白的，翠绿是下等茶。范仲淹认为切中自己的毛病，就请教如何改，蔡襄改成"黄金碾畔玉尘飞，碧玉瓯中素涛起"，范仲淹非常佩服。这件事在刘斧《青琐高议前集》卷九有详细记载。

有时是出于礼法或政治上的原因而改字，如《陈辅之诗话》说：

萧楚才知溧阳县，张乖厓作牧。一日召食，见公几案有一绝云："独恨太平无一事，江南闲煞老尚书。"萧改"恨"作"幸"字。公出，视稿曰："谁改吾诗？"左右以实对。萧曰："与公全身。公功高位重，奸人侧目之秋。且天下一统，公独恨太平，何也？"公曰："萧弟，一字之师也。"

就诗论诗，"恨"字和下句"闲煞"呼应紧密，改成"幸"字，"闲煞"两字反而有点显得凑泊了，但这是政治上的考虑。郑谷的《雪诗》"乱飘僧舍茶烟湿，密洒歌楼酒力微"，"乱"字可以描绘出大雪纷飞的气势。而宋孝宗忌讳"乱"字，改为"轻"字，气势大减，和"密"字也失了照应。明何良俊《四友斋丛说》卷二十六有一条关于都穆的记载：

都南濠小时，学诗于沈石田先生之门。石田问近有何得意之作，南濠以《节妇诗》首联为对。其诗曰："白发贞心在，青灯泪眼枯。"石田曰："诗则佳矣，然有一字未稳。"南濠茫然，避席请教。石田曰："尔不读《礼经》乎？经云：'寡妇不夜哭。'何不以灯字为春字？"南濠不觉叹服。

如果撇开《礼经》，灯字形象较春字鲜明，这样的改字，已经出了艺术修辞的范围，随着时代的进步，逐渐会变成历史的陈迹，本文对这类情况，只有存而不论。

## 三

王世懋《艺圃撷馀》说：

作诗道一浅字不得，改道一深字又不得。其妙政在不深不浅、有意无意之间。

这话看起来好像有点玄虚。实际上，孤立的字无所谓深浅，所谓深浅完全决定于全句乃至整篇所写事物所表达的感情和所创造的气氛。譬如谢灵运的《登池上楼》第一句说“潜虬媚幽姿”，十分凝炼，但千古传诵的却是“池塘生春草”这样平淡自然的句子，元遗山《论诗绝句》说：

池塘春草谢家春，万古千秋五字新。传语闭门陈正字，可怜无补费精神。

所谓练字，决不是专指那些冷僻槎枒的，如“怪禽啼旷野，落日恐行人”，或“流星透疏木，走月逆行云”之类。举几个人所熟知的例子，譬如欧阳修是不大喜欢杜诗的，但《六一诗话》里有这段记载：

陈公(从易，淳注)时偶得杜集旧本，文多脱误。在《送蔡都尉诗》云：“身轻一鸟”，其下脱一字。陈公因与数客各用一字补之。或云“疾”，或云“落”，或云“起”，或云“下”，莫能定。其后得一善本，乃是“身轻一鸟过”。陈公叹服，以为虽一字，诸君亦不能到也。

孤立地看,“过”字比那些字都平淡,但恰恰这个“过”字把身轻的特点表现得活灵活现,使看客都未觉其来,好像一只鸟从眼前轻轻过去。这个“过”字用在这里,真是“看似寻常最奇崛”。孟浩然和王维等联句,以“微云淡河汉,疏雨滴梧桐”之句使大家叹服,但这个“淡”字和“滴”字也是比较平常的字。杨慎《升庵诗话》卷六:

> 《孟集》有“到得重阳日,还来就菊花”之句,刻本脱一“就”字。有拟补者,或作“醉”,或作“赏”,或作“泛”,或作“对”,皆不同。后得善本是“就”字,乃知其妙。



苏东坡作一首《病鹤诗》,写了“三尺长胫瘦躯”六个字,让任德翁等填一个字,填了好几个,东坡拿出稿子来,却是一个“阁”字,病鹤的病态就在这个“阁”字上反映出来,使人如见其形(见《唐子西文录》)。

一个字用得生动,全句就有了精神,所以有人把它叫作“句眼”,但不一定是动词、形容词等有这种生动的效果,虚字用得好,有时也能起到意想不到的作用。《石林诗话》卷中以杜诗为例有很精彩的论述:

> 诗人以一字为工,世固知之。惟老杜变化开合,出奇无穷,殆不可以形迹捕。如“江山有巴蜀,栋宇自齐梁”。远近数千里,上下数百年,只在

## 四

> “有”与“自”两字间，而吞纳山川之气，俯仰古今之怀，皆见于言外。《滕王亭子》“粉墙犹竹色，虚阁自松声”，若不累“犹”与“自”两字，则馀八言凡亭子皆可用，不必滕王也。此皆工妙至到，人力不可及，而此老独雍容闲肆，出于自然，略不见其用力处。今人多取其已用字模仿用之，偃蹇狭陋，尽成死法。不知意与境会，言中其节，凡字皆可用也。

这些字眼很可能是杜老反复推敲而成。下面再择几个例子从正反两方面看一看改字要注意的问题。

> 僧齐己有诗名，往袁州谒郑谷，献诗云：“高名喧省闼，雅颂出吾唐。叠巘供秋望，无云到夕阳。自封修药院，别下着僧床。几梦中朝事，久离鸳鹭行。”谷览之，云：“请改一字，方可相见。”经数日再谒，称已改得诗云：“别扫着僧床。”谷嘉赏，结为诗友。(《唐诗纪事》卷七十五)

如果单说“下”字，有“徐孺下陈蕃之榻”为根据。而上句是“封”字，下字对不住，改成“扫”字，就斤两悉敌了。

> (王)贞白，唐末大播诗名。《御沟》为卷首云：“一派御沟水，绿槐相荫清。此波涵帝泽，无处濯尘缨。鸟道来虽险，龙池到自平。朝宗心本切，愿向急流倾。”自谓冠绝无瑕。呈僧贯休，休曰：“甚好，只是剩一字。”贞白扬袂而去。休曰：“此公思

敏。”书一字于掌中。逡巡贞白回,欣然曰:“已得一字。”云“此中涵帝泽”。休将掌中字示之,一同。(《唐诗纪事》卷六十七)

“波”字为什么不如“中”字?一是上面已有“水”字,所以说“剩一字”。一是下句是“处”字,“波”字实了,对得不工。这两个例子都说明律诗对句要注意工稳。

韩驹有首《送宜黄丞周表卿》的诗,周已走了好久,韩又追改了一些字,我们把改后的诗写出来,被改的字用括号注在后面,可以比较一下得失:

> 昔年束带侍明光,曾见挥毫照(对)御床。将为骅骝已腾踏,不知雕鹗尚摧藏。官居四合峰峦雨(绿),驿路千林橘柚霜(黄)。莫为艰难归故里(恋乡关留不去),汉廷今重甲科郎。(《诗林广记后集》卷八)



比一比改的字,可以看出精益求精的特点。第一句原来的“对”字,只表示周参加过廷试,而改成“照”字,就把周表卿当年御前应试文采飞扬的特点表现出来了。“峰峦绿”色彩不错,但“四合”的特点反映不强烈,改成“雨”字,全句就有飞动之势。下句改成“橘柚霜”,霜比“黄”字结实,橘柚经霜即黄,王羲之《奉橘帖》“奉橘三百枚,霜未降,不可多得”,韦苏州诗“怜君卧病思新橘,试摘犹酸亦未黄。书后欲题三百颗,洞庭须待满林霜”,改成“霜”字就能引人联想,含义就更丰富了。所

## 四

以改字要能尽量充实诗句的内涵,使之挺拔丰满。

改的人总希望改好,但有时只注意一点,没有照顾全面,也有改坏了的,姑就诗词各举一例。司马光《续诗话》说到魏野的诗:

> 仲先诗有"烧叶炉中无宿火,读书窗下有残灯"。仲先既没,集其诗者,嫌"烧叶"贫寒太甚,故改"叶"为"药"。不惟坏此一字,乃并一句亦无气味,所谓求益反损也。

魏野本来写贫居生活,落叶添薪而不废读书,见出安贫乐道的特点。改成"烧药"那是专指炼丹的,是阔绰的人(主要是方士)干的,而且药未成,火不息。"烧药炉中无宿火"本身就不合理,何况上句既阔,下句的"残灯"仍然表现贫寒的特点,两句的气氛也是不协调。

《武林旧事》卷三有段记载,词林艳称:

> 一日御舟经断桥,桥旁有小酒肆,颇雅洁,中饰素屏,书〔风入松〕一词于上。光尧驻目称赏久之,宣问何人所作,乃太学生俞国宝醉笔也。其词云:"一春长费买花钱。日日醉湖边。玉骢惯识西泠路,骄嘶过,沽酒楼前。红杏香中歌舞,绿杨影里秋千。　　东风十里丽人天,花压鬓云偏。画船载取春归去,馀情在湖水湖烟。明日再携残酒,来寻陌上花钿。"上笑曰:"此词甚好,但末句未免儒酸。"因为改定云"明日重扶残醉",则迥不侔矣。

如果孤立地看“明日重扶残醉”，确实一洗儒酸，但是“来寻陌上花钿”却仍然不是富贵气度，仍然是小家行径，倒不如“重携残酒”来得协调。

写到这里，不由想起抗日战争期间在遵义学诗的事。阴历八月，我们到去年玩过的山岭去找桂花，谁知桂花没找着，因为新雨之后，遍地都是蕈子。采回来饱餐了一顿，写了一首七律纪事：

细路围山新雨滑，葛衣跣足稻风凉。天私吾党能同野，气入顽心等是香。不见秋花来肉眼，漫堆朝菌活枯肠。闭门括口锄诗思，老树窥人月半床。

先送呈王驾吾老师，他指出“来”字对不住“活”字，为改成“横”字。这样句子就挺拔多了。又请教郦衡叔老师，郦师指出“半”字虽稳而平，和全句的气氛不调，为改“上”字，“老树窥人月上床”树和月都动起来，全句气氛也协调。我这首诗是水平线下的，但两位老师的指点却使我终身难忘。事情已经过去四十几年了，两师墓木已拱，瞻念前尘，感慨系之，今日白首无成，实在愧对师门。



## 四

知道练字的要求，我们还可以用来选定一些诗句的异文。譬如陶潜的《饮酒》诗：

东坡云：“陶潜诗‘采菊东篱下，悠然见南山’，

## 四

采菊之次,偶然见山,初不用意,而景与意会,故可喜也。今皆作望南山。杜子美云,'白鸥没浩荡,万里谁能驯'。盖灭没于烟波间耳。而宋敏求谓予云,鸥不解没,改作波字。二诗改此两字,觉一篇神气索然也。"(《苕溪渔隐丛话前集》卷三)

陶诗这个例子人所熟知,经苏东坡这样分析以后,一般都从"悠然见南山"了。我们再举几个唐诗的例子。

王湾的《次北固山下》五律,一般选本都选的。其中一联"潮平两岸失(阔),风正一帆悬"。"失"字表示潮平见不到岸,这样表现春江浩渺的特色略带夸张,更见情趣,如果变成"阔"字就平板少味(参见《唐诗别裁》卷十)。

王维的《相思子》五绝末两句一般选本多作"劝君多采撷,此物最相思"。也有本子作"劝君休采撷",试加比较,因为睹物思人,最易动相思之情,所以惹不得,"休采撷"正表现最相思的程度。作个"多"字,就经不住推敲了。

戎昱有两首《收襄阳城》七绝。有一首是这样的:

五云飞将拥雕戈,百里僵尸满涙河。日暮归来看剑血,将军应(却)恨杀人多。

作"应"字,表示作者对将军滥杀无辜之讽刺,作"却"字表示将军反对杀人多。联系全诗,自当以"应"

为长。

贾岛有首《剑客》诗：

> 十年磨一剑，霜刃未曾试。今日把似君，谁为(有)不平事。

这也是大家熟悉的诗。作“谁为不平事”，则志在除暴，谁干了不平的事，这把剑的霜刃就在他身上试试。如果作“谁有不平事”，好像只是为个人报仇。思想境界差得太远了。

再如岑参的《白雪歌送武判官归京》中间有这样两句：

> 将军角弓不得控，都护铁衣冷犹(难)着。

许多本子是“冷难着”，《唐贤三昧集》是“冷犹着”。如果作“难”，这句的作用和上句一样，写冷得不得了，弓也把握不住，铁甲也穿不起来。当然作为表现严寒，这也无可厚非，但是下句如果作“冷犹着”，意思就丰富多了，这两句变成了互文，将军角弓虽然不得控，可仍然要控，都护铁衣冷得很难穿，但仍然要全身披挂。下句的“犹”和上句的“不”互为补充。相比之下，“犹”字为优，“难”字合掌。

有时候，我们还可根据一两个关键的字确定一首诗的思想感情。如王昌龄的《从军行》中的一首：

> 青海长云暗雪山，孤城遥望玉门关。黄沙百战穿金甲，不破楼兰终不还。

## 四

沈德潜批注说:"作豪语看亦可,然作归期无日看,倍有意味。"(《唐诗别裁》卷十九)

这首诗很多人都把它当豪言壮语看,实际沈德潜的意见很可注意。关键在那个"终"字,王昌龄集子另一本作个"竟"字,"终"字说得委婉,"竟"字说得露骨,都表示归期无日;如果作豪语,这里应该用个"誓"字。

综合以上的拉杂叙述,我觉得注意诗词的用字,不但对诗词创作有益,而且对诗词的理解和欣赏,也是必不可少的修养。今天写旧体诗词的青年不一定有多少,但是爱好旧体诗词的却大有人在。吟诗要一字两字工夫,读诗千万不要轻易放过这一字两字。"文字频改,工夫自出"(《吕氏童蒙训》)。欣赏诗词,遇到吃紧的字眼多多回味,再用别的字相比较,才能体会出良工的苦心。

# 五、短章重字巧安排

## ——诗词里的重字

《诗经》里特别是《国风》里大多采用重章复沓的形式，所以一些字在诗里反复出现，后世写四言诗有时还保持这个特点。五言诗就少见了，尤其是短章。如果从一句看，《古诗十九首》的第一句“行行重行行”要算是空前绝后了，四个“行”字，写出了时间之久，空间之广，而逗出“与君生别离”的痛苦来。“唧唧复唧唧”字面上也有四个“唧”字，但实质上是两字一组，所以不能和“行行重行行”相提并论。一个字在各句中都出现，大约以陶渊明的《止酒》为首创：

> 居止次城邑，逍遥自闲止。坐止高荫下，步止荜门里。好味止园葵，大欢止稚子。平生不止酒，止酒情无喜。暮止不安寝，晨止不能起。日日欲止之，营卫止不理。徒知止不乐，未知止利己。始觉止为善，今朝真止矣。从此一止去，将止扶桑涘。清颜止宿容，奚止千万祀。

一共二十个“止”字，映带成趣。

后来梁元帝萧绎有首《春日诗》：

春还春节美，春日春风过。春心日日异，春情处处多。处处春芳动，日日春禽变。春意春已繁，春人春不见。不见怀春人，徒望春光新。春愁春自结，春结讵能申？欲道春园趣，复忆春时人。春人竟何在，空爽上春期。独念春花落，还似惜春时。

十八句诗中，用了二十三个“春”字，但和陶公一比，使人觉得东施效颦，失其自然。

这是古体诗的情况。近体诗里一般避免重用字，像杜甫“一片花飞减却春，风飘万点更愁人；且看欲尽花经眼，莫厌伤多酒入唇”这首七律重用两个“花”字，就算变格了。刘禹锡《苏州白舍人寄新诗有叹早白无儿之句因以赠之》：



莫嗟华发与无儿，却是人间久远期。雪里高山头白早，海中仙果子生迟。于公必有高门庆，谢守何烦晓镜悲！幸免如新分非浅，祝君长咏梦熊诗。

刘在诗后自注：“高山本高，于门使之高，二义有殊。古之诗流晓此。”(《刘宾客集·外集》卷一)

刘禹锡的自注说两个“高”字意不同，所以不算重用，言外之意，近体诗中重用字是犯忌的。但沈括《梦溪笔谈》提出相反的说法：

唐人以诗主人物，故虽小诗，莫不极工而后已，所谓旬锻月炼者，信非虚言。小说崔护《题城南诗》，其始曰：“去年今日此门中，人面桃花相映红。

## 五

人面不知何处去，桃花依旧笑春风。”后以其意未全，语未工，改第三句曰：“人面只今何处去。”至今所传有此两本，惟《本事诗》作：“只今何处在。”唐人作诗，大率如此，虽有两今字不恤也，取语意为主耳。后人以其有两今字，故多行前篇。(《全唐诗话》卷三)

按崔护此诗，以“人面桃花”相比见意，必须重用。第三句既云“何处”，那末“不知”两字变成赘文，而作“只今何处在”却能反映出思念怅惘之强烈感情，所以不怕重个“今”字。王若虚《滹南诗话》卷一又提出相反的看法：

崔护诗云“去年今日此门中”，又云“人面只今何处去”，沈存中曰：“唐人工诗，大率如此，虽两‘今’字不恤也。”刘禹锡诗云“雪里高山头白早”，又云“于公必有高门庆”，自注云：“高山本高，于门使之高，二义殊。”三山老人曰：“唐人忌重叠用字。如此二说，何其相反与？”予谓此皆不足论也。

王氏之言，未免过于偏激。一般说，诗词中的短章(诗主要指律、绝)要避免重字，但为了表达需要也不必硬避重复。

和这种情况相反，也有专门以重用字见巧的。如人所熟知的欧阳修〔蝶恋花〕首句“庭院深深深几许”，三个深字多生动，如果少用一个，都觉得大为减色。晚唐

有位诗人刘驾就欢喜连用三字,如《晓登迎春阁》:

未栉凭栏眺锦城,烟笼万井二江明。香风满阁花满树,树树树梢啼晓莺。

再如"夜夜夜深闻子规","日日日斜空醉归","家家家业尽成灰"等等。这些硬凑的重字,缺乏像欧公那样的自然,不足为训。

在不同的句子里,重复几个字,使之映带成趣。如范云的《别诗》(《诗纪》云附见《何逊集》):

洛阳城东西,长作经时别。昔去雪如花,今来花似雪。

精神全在"雪"、"花"两字翻腾作势。苏轼的〔少年游〕上半化用范诗,也觉生动有趣:

去年相送,馀杭门外,飞雪似杨花。今年春半,杨花似雪,犹不见还家。

有时候短短几句诗,重复某一个字,产生一种特殊的艺术效果,如元稹《行宫》:

寥落古行宫,宫花寂寞红。白头宫女在,闲坐说玄宗。

前人评这短短二十字可以抵得一首《连昌宫词》。这里前三句,每句重用一个"宫"字,起了强有力的表情作用。再如杜荀鹤的《春闺怨》:

朝喜花艳春,暮悲花委尘。不悲花落早,悲妾似花身。

二十字中重复四个“花”字，三个“悲”字，但还不失自然。至于重得最厉害的，如陈后主叔宝《戏赠沈后》：

留人不留人？不留人也去。此处不留人，自有留人处。

四句中重复五个“留人”，三个“不”字。但这只能算戏语，不能称为诗。五言四句的小诗中，重复用字而诗味浓郁的，我以为岑参的《忆长安曲》可为代表：

东望望长安，正值日初出。长安不可见，喜见长安日。

二十字中，用三个“长安”、两个“日”、两个“见”、两个“望”字，化用《世说新语》“举头见日，不见长安”的典故，传达出多么深沉的对长安的怀念之情！如果去掉这些重字，味道就淡薄多了。还有张文姬的《溪口云》一首：

溶溶溪口云，才向溪中吐。不复归溪中，还作溪中雨。

重复使用四个“溪”字，三个“中”字，表面写一霎时的景色，但言外似别有含意，耐人寻味。小词如欧阳修的〔生查子〕：

去年元夜时，花市灯如昼。月到柳梢头，人约黄昏后。　今年元夜时，月与灯依旧。不见去年人,泪湿春衫袖。

这首小词重复使用“元夜”、“人”、“年”、“月”、“灯”等字,也是重字见巧,供人回味。游次公的〔卜算子〕则全用“风雨”两字,含情不尽:

> 风雨送人来,风雨留人住。草草杯盘话别离,风雨催人去。　泪眼不曾晴,眉黛愁还聚。明日相思莫上楼。楼上多风雨。

如果不是这五次重复,词的情味就大为减色。再如辛弃疾〔浣溪沙〕《赠子文侍人名笑笑》:

> 侬是嵚崎可笑人,不妨开口笑时频。有人一笑坐生春。　歌欲颦时还浅笑,醉逢笑处却轻颦。宜颦宜笑长精神。



这首词是辛弃疾的游戏之作,因为严子文的侍妾名叫笑笑,所以全词就在笑字上着墨。第一句说自己原来就是可笑的人,这是周颛赞美桓彝的话,“茂伦嵚崎历落,固可笑人也”(见《晋书·桓彝传》)。第二句翻用杜牧“尘世难逢开口笑”的诗句,从第三句起才说到“笑笑”的笑态动人。每句都重一个笑字,如果把这几个“笑”字换掉,这首词就失去光彩了。至于连下叠字,也能因而表现巧思,如李清照的〔声声慢〕开头“寻寻觅觅,冷冷清清,凄凄惨惨戚戚”,连下七对叠字而一气贯注,临收束时又用了“点点滴滴”两组。这种手法,使许多评论家赞不绝口。《白雨斋词话》卷五记载一位薄命妇女

## 五

双卿的〔凤凰台上忆吹箫〕可能要算使用叠字的最高纪录：

> 寸寸微云，丝丝残照，有无明灭难消。正断魂魂断，闪闪摇摇。望望山山水水，人去去，隐隐迢迢。从今后，酸酸楚楚，只似今宵。　　青遥。问天不应，看小小双卿，袅袅无聊。更见谁谁见，谁痛花娇。谁望欢欢喜喜，偷素粉，写写描描。谁还管，生生世世，暮暮朝朝！

陈廷焯评说：“其情哀，其词苦。用双字至二十馀叠，亦可谓广大神通矣。易安见之，亦当避席。”

七言诗里，刘希夷的“年年岁岁花相似，岁岁年年人不同”，也是靠复字见巧，小说家甚至说宋之问欲据为己有。王若虚《滹南诗话》卷一说：

> 宋之问诗有云：“年年岁岁花相似，岁岁年年人不同。”或曰：“此之问甥刘希夷句也。之问酷爱，知其未之传人，恳乞之，不与，之问怒，乃以土袋压杀之。”此殆妄耳。之问固小人，然亦不应有是。年年岁岁，岁岁年年，何等陋语，而以至杀其所亲乎？

王若虚斥小说之妄是有理的，但把这种重复回环以表示光阴流驶无可奈何的心情，说成“何等陋语”，未免偏颇。李白有首《宣城见杜鹃花》绝句：

> 蜀国曾闻子规鸟，宣城还见杜鹃花。一叫一回

肠一断，三春三月忆三巴！

三四两句有意重三个“一”字，三个“三”字，虽然出于太白，未免雕琢而不够自然，而不及严恽《惜花》重用三个“花”字的浑成：

春光冉冉归何处？更向花前把一杯。竟日问花花不语，为谁零落为谁开？

结句两个“为谁”后来成为模式，但此处仍令人有清新之感，觉得不如此反而不够味。

《诚斋诗话》里称许姚宋佐一首七绝：

梅花得月太清生，月到梅花越样明。梅月萧疏两奇绝，有人踏月绕花行。

这里重复四个“月”字、三个“梅花”，使人感到其人爱月爱梅之情不能自已。如果不加重复就不会起到这种异样清新之感。

王安石有《谢公墩》七绝，全用“公”、“我”两字翻腾，而见贤思齐、匡时济民之抱负即寓于看似游戏文字之中：

我名公字偶相同，我屋公墩在眼中。公去我来墩属我，不应墩姓尚随公。

年轻时避寇遵义，爱荆公及宋佐此两诗，因学郸邯之步，成《枕上》一绝云：

枕上家山枕外鸡，家山梦断剩鸡啼。听鸡犹唱

五

家山调，无那家山一枕迷！

重用四个“家山”、三个“枕”字、三个“鸡”字，聊寄怀乡之感，用重字翻腾作势之法同，然方之荆公以安石自命之胸襟，何啻霄壤！录此当见笑于方家，意在说明一点，诗词短章应避免复字，这是常规。有时可以反其道而出奇制胜，全仗复字生情，这是变例，在乎作者之匠心巧手安排而已。初学者当以常为主，变例则可一不可再，否则易入魔道而不自知其非，不可不慎之又慎也。

## 六、实虚互见 对照生辉

### ——数字在诗词中的应用

初唐四杰中的骆宾王,写诗喜欢用数字作对,如"秦地重关一百二,汉家离宫三十六",当时人称他为"算博士"。(见《唐诗纪事》卷七)这话含有一点讽刺的味道,于是有人就把这当为口实,不加分析地反对诗词中多用数字。这种态度有些像因噎废食。实际上人们生活中离不开数字,作为记事抒情的诗词创作,也离不开用数字。拿《国风》一百六十篇来统计,篇中用到数字的一共四十八篇,占了百分之三十。著名的《古诗十九首》中有十三首用过数字,竟占三分之二,可见数字在诗词中出现,是不可避免的。

我们对这涉及数字的四十八篇《国风》分类考察,可把它们使用数字的情况大体归纳成三种:

一、数字是具体实指的。如:"有子七人,母氏劳苦"(《邶·凯风》)。"二子乘舟,泛泛其景"(《邶·二子乘舟》)。君子偕老,副笄六珈"(《鄘·君子偕老》)。"两骖如舞","两服上襄,两骖雁行"(《郑·大叔于田》)。以及《豳·七月》中之"七月"、"八月"、"一之日"、"二之日"等等。

二、数字是虚指的,这里有两种情况。一是本身就是约数,游移不定,如:“嘒彼小星,三五在东。”(《召南·小星》)“士也罔极,二三其德。”(《卫·氓》)这里使用“三五”、“二三”,不能确指,一望而知。再一种是因为韵脚变动而变动。如:“摽有梅,其实七兮。求我庶士,迨其吉兮。摽有梅,其实三兮。求我庶士,迨其今兮。”这里“七”和“三”,看似实指,实际是为叶韵而变动,不是实数。同样的例子很多,如《鄘·干旄》:“孑孑干旄,在浚之郊。素丝纰之,良马四之。”“素丝组之,良马五之。”“素丝祝之,良马六之。”这里的“四”、“五”、“六”是跟着韵脚“纰”、“组”、“祝”而变化,也不是实数。

三、为了表达的需要,数字起了对比和夸张的作用,这些数字更是虚拟的。这类在后世诗词中用得最普遍。如:“之子于归,百两御之。”这里是极言其多,并不是一百辆车去迎亲。“百尔君子,不知德行。”(《邶·雄雉》)“騋牝三千”(《鄘·定之方中》)“百夫之特。”“百夫之防。”“百夫之御。”(《秦·黄鸟》)“万寿无疆。”(《豳·七月》)“彼其之子,三百赤芾。”(《曹·候人》)“亲结其缡,九十其仪。”(《豳·东山》)这里的“百”、“三千”、“万”、“九十”等等都只是极言其多,《王风·兔爰》里的“逢此百罹”、“逢此百忧”、“逢此百凶”也是一样带有夸张的味道。“鸤鸠在桑,其子七兮。淑人君子,其仪一兮。”(《曹·鸤鸠》)这里显然是用“七”和“一”对比见意。“彼苍者天,歼我良人;如可赎兮,人百其身。”这里用“人百其身”和

子车氏三良对比,以见人们的悼念痛惜之情。《王·采葛》是这种夸张对比的典型:

彼采葛兮,一日不见,如三月兮。
彼采萧兮,一日不见,如三秋兮。
彼采艾兮,一日不见,如三岁兮。

今天“一日不见,如隔三秋”,已经变成口头禅。这里的“三秋”、“三月”、“三岁”都不是实际数量。汪中《述学》里《释三九》以为“三九”很多时候用为虚指,极言众多,这是可信的。但我们不能碰到“三”、“三百”就一概当虚指。譬如《卫·氓》:“自我徂尔,三岁食贫。”“三岁为妇,靡室劳矣。”这些“三岁”可以看成实指。《魏·硕鼠》:“三岁贯女,莫我肯顾。”这首诗是讽刺贪吏的。古代“三载考绩”,这里的“三岁”正是据“三载考绩”而言的,也是实指。《魏·伐檀》里说的“胡取禾三百廛兮”,“胡取禾三百亿兮”,“胡取禾三百囷兮”,一再使用“三百”字样。人民文学出版社的《诗经选》111页注说:“三百言其很多,不一定是确数。”今天一般人都相信这样的解释。但为什么一再说“三百”不是“三千”呢?马瑞辰《毛诗传笺通释》卷十这样注:

《传》:“一夫之居曰廛。”瑞辰按:《易·讼》九二:其邑三百户。《郑注》:“下大夫采地一成,其税三百家,故三百户。”(下略)

这首诗是讽刺尸位素餐的统治者的,“三百”正是他剥削的具体户数，当实指比虚指更有说服力。如果我们读《诗经》碰到一些数字，有时与当时礼制有关，虚实问题往往要费一番思考才能判定。

要理解诗词中数字的作用，首先应分清虚实。大凡用实数纪事，容易使人有亲临其境、设身处地之感。如刘禹锡《酬乐天扬州初逢席上见赠》：

巴山楚水凄凉地，二十三年弃置身。怀旧空吟闻笛赋，到乡翻似烂柯人。沉舟侧畔千帆过，病树前头万木春。今日听君歌一曲，暂凭杯酒长精神。

这里“千帆”、“万树”是虚指，极言其多。而“二十三年”却是确数，数愈确，愈见弃置之久，人生能有几个“二十三年”呢？无限感慨，尽在这个具体的数字中。李煜追忆亡国之痛的〔破阵子〕：

四十年来家国，三千里地山河。凤阁龙楼连霄汉，玉树琼枝作烟萝。几曾识干戈？　　一旦归为臣虏，沈腰潘鬓销磨。最是仓皇辞庙日，教坊犹奏别离歌。垂泪对宫娥。

这开头两句的数字显得特别沉重，一指时间，一指空间，一种追悔莫及的心情，正是从“四十年”、“三千里”这些字眼里传达出来。同样，岳飞的〔满江红〕：“三十功名尘与土，八千里路云和月。”这里的“三十”指年过而立，“八千里路”指转战之远，有了这些具体数字，下面“莫等闲白了少年头，空悲切”，才更为沉郁。辛弃

## 六

疾的〔永遇乐〕《京口北固亭怀古》换头处及下阕说:“元嘉草草,封狼居胥,赢得仓皇北顾。四十三年,望中犹记,烽火扬州路。可堪回首,佛狸祠下,一片神鸦社鼓。凭谁问,廉颇老矣,尚能饭否?”这首词悲壮慷慨,回肠荡气,而“四十三年”这个数字起了关键作用。作者自1162年南归,到1205年出守京口,从二十三岁的青年,率众南归,渴望收复中原,到现在已成六十六岁老翁,而北伐大计,几如泡影,可是作者以廉颇自居,不甘老死,尚思为国驰驱。这一腔悲愤,回首四十三年往事,不能自已。没有这“四十三年”几个字,结尾就没有根。这几个寻常的数字,真可称得起一字千钧。

杜甫《逼仄行赠毕四曜》结尾说:“街头酒价常苦贵,方外酒徒稀醉眠。径须相就饮一斗,恰有三百青铜钱。”丁谓和宋真宗由此推定唐朝酒价(见刘攽《中山诗话》),是可以喷饭的。但这里的数字使用,既表现了杜甫和毕曜的酸寒,也看出两人交情之厚,性情之真,写得越具体,诗味就越浓郁,这和《醉时歌》中“日籴太仓五升米,时赴郑老同襟期”,可以说是“异曲同工”。

数字实用会有很强的抒情效果,还可表现在具体日期方面。如杜甫《丽人行》:“三月三日天气新,长安水边多丽人。”李商隐《二月二日》:“二月二日江上行,东风日暖闻吹笙。花须柳眼各无赖,紫蝶黄蜂俱有情。”三月三、二月二,是过去的节日,下面的事都因节令而有,这是不可不提的。薛道衡《人日思归》:“入春才七日，离家已二年。人归落雁后，思发在花前。”虽然过去的评论家只着眼在后两句，贺方回把它用到词里，黄山谷就根据这两句把〔临江仙〕的调名改成〔雁后归〕；但是如果没有前两句的铺衬，后面的精彩也就反映不出来。“人春才七日”也就是“人日”，古代很看重这个日子。这些都是固定节日写的日期。如果不是固定节日，而写出具体日期，那就更应该注意。如杜甫的《北征》：“皇帝二载秋，闰八月初吉。杜子将北征，苍茫问家室。”这是写大事，用重笔。苏轼《石鼓歌》：“冬十二月岁辛丑，我初从政见鲁叟。旧闻石鼓今见之，文字郁律蛟蛇走。”这里郑重写明年月，也和《北征》用意相同。

具体的日期，如果出现在小词及绝句中，却另是一番情趣。如白居易《暮江吟》：

> 一道残阳铺水中，半江瑟瑟半江红。谁怜九月初三夜，露似真珠月似弓。

韦庄的〔女冠子〕：

> 四月十七。正是去年今日。别君时。忍泪佯低面，含羞半敛眉。　　不知魂已断，空有梦相随。除却天边月，没人知。

这两篇作品，如果去掉“九月初三”、“四月十七”这两个具体时间，情趣就大大减退，甚至给人有兴味索然的感觉。可见善用具体数字在诗词中是不可忽视的。

数字在诗词中，确指的没有不定指的用得普遍。不

六

定指的数字有两种情况，一种是无法确指。如杜甫：“一片花飞减却春，风飘万点更愁人。”“黄四娘家花满蹊，千朵万朵压枝低。”这里一片落花，几树繁花，根本无法数清。又如卢延让：“两三条电欲为雨，七八个星犹在天。”辛弃疾化用到〔西江月〕里：“七八个星天外，两三点雨山前。”这和《诗经》的“嘒彼小星，三五在东”一样，只能这样写，不能确指。另外一种情况，是可以确指，而故意游移不定，反而增加韵味。如陶渊明《归田园居》：“方宅十馀亩，草屋八九间。”杜甫《羌村》：“父老四五人，问我久远行。”陶渊明的房屋和杜甫家来的父老应该是有具体数字的，但如果写死了，反而无味，诗词贵空灵，忌质实，这里的“八九”、“四五”的模糊用法，就比较空灵。辛弃疾〔贺新郎〕写“停云”那首词的结尾：“不恨古人吾不见，恨古人不见吾狂耳。知我者，二三子。”这个“二三子”，也较空灵，他用《论语》“二三子以我为隐乎”的出处，《论语》里“冠者五六人，童子六七人”之类的用法，开启了后人使用模糊的数字取得空灵效果的先路。

还有一种情况，写得很实，但意思却反而空灵。如景云《画松》：“画松一似真松树，且待寻思记得无？曾在天台山上见，石桥南畔第三株。”郑板桥《题画竹》：“春风昨夜渡潇湘，触石穿林惯作狂。惟有竹枝浑不怕，挺然相斗一千场。”这里“第三”、“一千”好像写得非常实，但这是以实写虚，更使人有亲切之感。同样，温庭筠的《更漏子》下半阕："梧桐树，三更雨。不道离情正苦。一叶叶，一声声。空阶滴到明。"这里的"三"、"一"写得很实，用得却空灵，使人觉得难乎为情。徐士俊云："'夜雨滴空阶'五字不为少，'梧桐树'，此二十三字不为多。"(《古今词统》卷五)所以不觉其多，就是因为写得亲切。

数字的应用，有时一首短章里，几乎句句有实指，但仍不觉其板滞。如张祜《河满子》："故国三千里，深宫二十年。一声《河满子》，双泪落君前。"韦庄的〔长命女〕："春日宴，绿酒一杯歌一遍。再拜陈三愿：一愿郎君千岁，二愿妾身常健。三愿如同梁上燕。岁岁长相见。"上面两例，数字都是实指的，但诗的情趣就在这些实数中表现出来，馀味无穷。

诗词里用数字，更多的是夸张。远如上面举的《诗经》里的"万寿无疆"之类。诗词用到"万"、"千"、"百"等字，实指的少，夸饰的多。如辛弃疾〔永遇乐〕："想当年，金戈铁马，气吞万里如虎。"黄庭坚："投荒万死鬓毛斑，生入瞿塘滟滪关。"这里的"万里"、"万死"不是实指，非常明显。李白的诗中，"白发三千丈，缘愁似个长"，"天台四万八千丈，对此欲倒东南倾"，"尔来四万八千岁，不与秦塞通人烟"，如此之类，一望知为夸张，从古到今，没有异议。杜甫就不同了。《古柏行》中描写那棵古柏："孔明庙前有老柏，柯如青铜根如石。霜皮溜雨四十围，黛色参天二千尺。"沈括在《梦溪笔谈》

六

卷十五里说:“四十围乃是径七尺,无乃太细长乎?”王得臣《麈史》、黄朝英《缃素杂记》又根据“围”的实际长度批评沈括算错了,而说杜甫的原文是合理的。在这一场笔墨官司中,《诗眼》的话最为通达:

> 诗有形似之语,若诗人之赋,“萧萧马鸣,悠悠旆旌”是也。有激昂之语,若诗人之兴,“周馀黎民,靡有孑遗”是也。《古柏》诗所谓“柯如青铜根如石”,此形似之语:“霜皮溜雨四十围,黛色参天二千尺。”“云来气接巫峡长,月出寒通雪山白。”此激昂之语,不如此则不见古柏之高大也。文章警策处,端在此两体耳。

范温这个意见很有道理,他所谓“激昂之语”主要指修辞里的夸张。杜甫这两句的数字是用夸张的方式来极力形容老柏的高大,沈括拿它当实指加以评论,显然得不出正确的论断。但在沈括的话中,有一点是可取的,那就是要注意两个数字之间的合理性(虽然,在围的长度上,沈括也有疏失)。《王直方诗话》里记载这样一件事:

> 东坡有言,世间事忍笑为易,惟读王祈大夫诗,不笑为难。祈尝谓东坡云:“有《竹诗》两句,最为得意。”因诵曰:“叶垂千口剑,干耸万条枪。”坡曰:“好则极好,则是十条竹竿,一个叶儿也。”(《苕溪渔隐丛话前集》卷五十五)

王祈只顾夸张竹子的挺劲,用刀剑作比,同时极言其多,却忘记了干和叶的比数失实,以致传为笑柄。我们因而得知即使夸张也得注意相对的合理性。

数字在诗词的属对中,具有特别醒目的作用。也有的诗句全靠数字生色。如李白:“蜀国曾闻子规鸟,宣城还见杜鹃花。一叫一回肠一断,三春三月忆三巴。”三个“一”字和“三”字作对。这是小数字对小数字,在诗词中是较少的,更常见的是以多对少,大小相形,增强气势。如李白:“长安一片月,万户捣衣声。”郎士元:“星河秋一雁,砧杵夜千家。”赵嘏:“深秋帘幕千家雨,落日楼台一笛风。”以及辛弃疾〔满江红〕《送李正之提刑入蜀》:“赤壁矶头千古浪,铜鞮陌上三更月。”这些语词之所以为人传诵,是和数字对比分不开的。有时这种对比放在一句之中,气势尤其动人。李白:“吟诗作赋北窗里,万言不值一杯水。”“朝辞白帝彩云间,千里江陵一日还。”杜甫:“浊醪谁造汝?一酌散千忧。”刘长卿:“同作逐臣君更远,青山万里一孤舟。”卢纶:“独立扬新令,千营共一呼。”陆游:“蜀地名花擅古今,一枝气可压千林。”词里如陈与义〔临江仙〕“二十馀年成一梦”,张元幹〔瑞鹧鸪〕“千古功名一聚尘”都是当句对比的好例子。两句对比如张孝祥:“玉鉴琼田三万顷,着我扁舟一叶。”在词里还可把几个短句都用数字连缀起来,既是一气呵成,又是强烈对照。如胡世将〔酹江月〕:“试看百二山河,奈君门万里,六师不发。”辛弃疾〔水龙吟〕:“千古兴亡,百年悲笑,一时登览。”这些都脍炙人口,不劳赘举。

数字用得好,使诗句生色,但不能说对比强烈就是好诗。比如范成大《九日行营寿藏之地》一首七律,中间两联:“纵有千年铁门限,终须一个土馒头。三轮世界犹灰劫,四大形骸强首丘。”这三四一联,用“千年”对“一个”,但全联近于打油,纪昀评为“粗鄙之极”,一点也不为过。而刘景文《寄苏内翰》云:

> 倦压鳌头请左符,笑寻颍尾为西湖。二三贤守去非远,六一清风今不孤。四海共知霜鬓满,重阳曾插菊花无?聚星堂上谁先到,欲傍金樽倒玉壶。

这首诗中间用“二三”对“六一”,用“四”对“重”,都是小的数字相对,但不害其为好诗。尽管刘景文的诗名远远不如范成大,但这首诗写得亲切自然;却比范上一诗为好。用小数对小数,大数对大数,也可以非常精彩。如杜甫“乾坤万里眼,时序百年心”(《春日江村五首》),“亲朋无一字,老病有孤舟”(《登岳阳楼》),谁能否定它的精彩?但总起来看,大小多少比较常见。

数字用得最精彩的,应该是一句中两个数字既很自然,又相互映照。举几个突出的例子,如顾况《洛阳早春》:

> 何地避春愁,终年忆旧游。一家千里外,百舌五更头。客路偏逢雨,乡山不入楼。故园桃李月,伊水向东流。

三四一联,每句各用两个数字,次句的“百舌五更头”更外加重“一家千里外”的春愁旅思。再如戴复古《庚子荐饥》:

> 连岁遭饥馑,民间气索然。十家九不爨,升米百馀钱。凛凛饥寒地,萧萧风雪天。人无告急处,闭户抱愁眠。

这里写出特大灾荒,因为一“升米百馀钱”,所以“十家九不爨”,没有两句的数字对比,就反映不出这种惊心动魄的场景。

七言比五言更易于连用数字制造气氛、抒发感情。如柳宗元《别舍弟宗一》:

> 零落残魂倍黯然,双垂别泪越江边。一身去国六千里,万死投荒十二年。桂岭瘴来云似墨,洞庭春尽水如天。欲知此后相思梦,长在荆门郢树烟。

苏轼《八月七日初入赣过惶恐滩》:

> 七千里外二毛人,十八滩头一叶身。山忆喜欢劳远梦,地名惶恐泣孤臣。长风送客添帆腹,积雨浮舟减石鳞。便合与官充水手,此生何止略知津!

黄庭坚《思亲汝州作》:

> 岁晚寒侵游子衣,拘留幕府报官移。五更归梦三千里,一日思亲十二时。车上吐茵元不逐,市中有虎竟成疑。秋毫得失关何事,总为平安书到迟。

## 六

上举三诗，如果把这些连用的数字换成别的词语，诗句中原来的沉郁气氛就大为削弱，可见数字用得恰当，可以增加表现力。

有些数字常常与暗藏的典故有关，读时也应注意。如李白的《将进酒》："烹羊宰牛且为乐，会须一饮三百杯。"《行路难》："金樽清酒斗十千，玉盘珍羞值万钱。"这里的"三百杯"，是用袁绍等人敬郑玄酒，"自朝至暮，将三百杯"的数字。曹植《名都篇》："归来宴平乐，美酒斗十千。"因此后人讲到好酒价格就用"十千"，王维《少年行》也说："新丰美酒斗十千，长安游侠多少年。"《晋书》讲何曾奢侈，"日食万钱"，所以讲菜肴精美，就使用"万钱"。"十千"和"万"相等，但使用时各有固定对象，不可混用。犹如送橘子给人常常使用"三百"字样，如韦应物诗："怜君卧病思新橘，试摘犹酸色未黄。书后欲题三百颗，洞庭须待满林霜。"这是用王羲之《奉橘帖》："奉橘三百枚，霜未降，未可多得。"

因此，在诗词中遇到数字，除了要分清虚实，理解夸张对照等修辞功能之外，还得留心数字后面暗藏的典故。

## 七、多识名物　细析比兴

### ——草木禽鱼问题

孔子教育他的学生要学《诗》,说:

> 小子何莫学夫《诗》?《诗》可以兴,可以观,可以群,可以怨;迩之事父,远之事君;多识于鸟兽草木之名。(《论语·阳货》)

打开《诗经》第一篇,就有雎鸠、荇菜等动植物。要弄清它们的底细,有时也并不容易。《颜氏家训·书证》就笑话河北俗人不识荇菜,以致"博士皆以参差者为苋菜",把水生的弄到陆上了。在《书证》里,颜之推举了很多这方面的错误,着重在解释经史方面。如果没有弄清草木鸟兽虫鱼的特点,贸然入诗,也要贻笑大方。《颜氏家训·文章》说:

> 《异物志》云:拥剑状如蟹,但一螯偏大耳。何逊诗云:"跃鱼如拥剑",是不分鱼蟹也。

姚宽《西溪丛语》还补举了孟浩然诗"游鱼拥剑来"为例。但检《四部丛刊》本《孟浩然集》卷四《夏日宴卫明府宅》:

言避一时暑，池亭五月开。喜逢金马客，同饮玉人杯。舞鹤乘轩至，游鱼拥钓来。座中殊未起，箫管莫相催。

从文义看，鹤和轩车是两件事，鱼和钓也是两事，即使“钓”误成“剑”，也不是把“拥剑”当成鱼，姚宽错怪了孟浩然。但这也从反面教育我们，对于草木鸟兽虫鱼入诗词，不能掉以轻心。

《诗经》里的大量草木鸟兽虫鱼，是领会《诗经》思想和艺术不可忽视的部分，所以陆玑有《毛诗草木鸟兽虫鱼疏》。《诗经》里提到草木禽鱼，着墨不多，而能够抓住特征，给人鲜明的印象，也为后世诗人在这方面提供范例。《文心雕龙·物色》说：



岁有其物，物有其容；情以物迁，词以情发。一叶且或迎意，虫声有足引心。况清风与明月同夜，白日与春林共朝哉！是以诗人感物，联类不穷。流连万象之际，沉吟视听之区。写气图貌，既随物以宛转；属采附声，亦与心而徘徊。故灼灼状桃花之鲜，依依尽杨柳之貌；杲杲为出日之容，瀌瀌拟雨雪之状；喈喈逐黄鸟之声，喓喓学草虫之韵。

后世如林和靖“疏影横斜水清浅，暗香浮动月黄昏”之写梅花，可以说继承《诗经》状物的成功例证。但是《诗经》里的草木禽鱼，绝大多数都是比兴之作，而不像后世的“咏物诗”以刻画对象为能事。《氓》里的桑树的变化就是明证。“桑之未落,其叶沃若”,那是女主人还沉浸在美满生活的幻想里。一旦发现对方变了心,那棵桑树也黯然伤神,“桑之落矣,其黄而陨”。苏子瞻曾经以此为例,大赞诗人的“体物之工”。

《离骚》里的草木名目繁多,所以吴仁杰有《离骚草木疏》。《离骚》的香草多比美德,而如《古诗十九首》中的《庭中有奇树》、《涉江采芙蓉》等都借草木以起兴怀人。这些都为后世诗词中写草木禽鱼提供了范例,也是诗人刻意追求的艺术效果。黄山谷把自己的诗分为内集、外集和别集。内集的压卷《古诗二首上苏子瞻》:

江梅有佳实,托根桃李场。桃李终不言,朝露借恩光。孤芳忌皎洁,冰雪空自香。古来和鼎实,此物升庙廊。岁月坐成晚,烟雨青已黄。得升桃李盘,以远初见尝。终然不可口,掷置官道旁。但使本根在,弃捐果何伤!

青松出涧壑,十里闻风声。上有百尺丝,下有千岁苓。自性得久要,为人制颓龄。小草有远志,相依在平生。医和不并世,深根且固蒂。人言可医国,何用太早计!小大材则殊,气味固相似。

这两首诗全以草木为喻,苏东坡非常欣赏,回信说:“古诗二首,托物引类,得古诗人之风。”如果我们对江梅、桃、李、松、菟丝、茯苓、远志等这些草木一无所知,那就很难领会作者的深刻用心和精湛艺能。《邵氏闻见后录》卷十九说：

李太白诗云：“昔作芙蓉花，今为断肠草。以色事他人，能得几时好！”按：陶弘景《仙方注》云：“断肠草，不可食。其花美好，名芙蓉。”

如果不了解这个出处，把芙蓉花和断肠草视为两物，诗意就大受影响。王琦《李太白集注》卷二《妾薄命》不以邵说为然，认为应该作“断根草”，反而觉得乏味。李白酷好道教，采及《仙方注》自属意中事。

婷婷嫋嫋十三馀，豆蔻梢头二月初。春风十里扬州路，卷上珠帘总不如。

杜牧这首绝句，可以说是万口传诵，但是为什么要用豆蔻来比？豆蔻到底是什么样的植物？却不是人人都了然的。

刘孟熙谓《本草》云：豆蔻未开者，谓之含胎花，言少而娠也。其所引《本草》，是；言少而娠，非也。且牧之诗本咏娼女，言其美而且少，未经事人，如豆蔻花之未开耳。此为风情言，非为求嗣言也。若娼而娠，人方厌之，以为绿叶成阴矣，何事入咏乎？右见升庵《丹铅录》。辩，诚是也，第未明证何以如豆蔻花。按《桂海虞衡志》曰：红豆蔻花丛生，叶瘦如碧芦，春末夏初开花，先抽一干，有大箨包之；箨解花见，一穗数十乳，淡红鲜妍，如桃杏花色；蕊重则下垂如葡萄，又如火齐、缨络，及剪彩鸾枝之

七

状。此花无实，不与草豆蔻同种。每蕊心有两瓣相并。词人托兴曰比目、连理云。读此，始知诗人用豆蔻之自，益知《汉事秘辛》渥丹吐齐之俗。又友人言，此花京口最多，亦名鸳鸯花。凡媒妁通信与郎家者，辄赠一枝为信。（周亮工《因树屋书影》卷三）

从这个例子可以看出一草一木往往有关于诗意。联系近时有些注解，常常很难令人信服，随举高校文科有关教材为例：

王维有首《鸟鸣涧》绝句：

人閒桂花落，夜静春山空。月出惊山鸟，时鸣春涧中。

这第一句，有本高校文科教材这样注：

“人间”句，“桂花落人间”的倒文。意谓月光照亮了大地。古代神话说月中有桂，所以桂往往成为月的代称，如月魄称桂魄，桂花即月华，花华字同。[①]

这样曲为之说，真是匪夷所思。实际上第一句的“间”就是“闲”字。古书里闲暇之闲就作“閒”，而“间”《说文》写作“閒”。因为人闲，所以桂花落才能觉察，极状其境之幽。如果解释成“月光照亮了大地”，那末“月出惊山鸟”又如何说得通呢？为什么注者会想出上面的曲解，我推想他也许以为只有秋天才有桂花，下文有“春涧”不好讲，他不知道桂有四时都开花的，有“春桂”,有“四季桂”等。吴其濬《植物名实图考》说,春桂就是山矾。其实山间多有四季桂,春天白花,秋天黄花,花形全同。

再如陈子昂《感遇诗》第二首:

> 兰若生春夏,芊蔚何青青!幽独空林色,朱蕤冒紫茎。迟迟白日晚,嫋嫋秋风生。岁华尽摇落,芳意竟何成!

还是那本书,对“兰若”这样注:

> 兰,香草,一名蕳。多年生草本,高三四尺。有香气,夏秋间开花,属菊科,和现代说的兰花不同。若,杜若的简称,一名杜蘅,水边香草。[②]



把“兰若”解释成两种香草,本来无甚问题。但杜若生在水边,开白花,和“空林”、“朱蕤”都对不上号。实际上诗人比兴,未必以此为两种植物。《文选》卷三十陆机《拟兰若生朝阳》诗写:

> 嘉树生朝阳,凝霜封其条。执心守时信,岁寒终不凋。美人何其旷,灼灼在云霄。隆想弥年月,长啸入风飙。引领望天末,譬彼向阳翘。

陆机在这里把“兰若”称做“嘉树”,取其比况之义,未必符合草木的实际,这一点在旧诗词中所见非一。杜甫自述生性“忠君”,在《自京赴奉先县咏怀五百字》中说:“葵藿倾太阳,物性固莫夺。”那本书注解说:

## 七

> 葵藿，冬葵和豆，其花与叶都倾向太阳。杜甫用以自比。曹植《求通亲亲表》："若葵藿之倾叶，太阳虽不为之回光，然终向之者，诚也。"这里化用其意。③

意思和出处都未弄错，但是豆类的花叶却没有明显倾向太阳的特点(一般植物叶子的趋光性不像葵花明显)。曹植把"葵藿"连用，后人沿袭而不加区别，如傅玄《豫章行》也说："情合同云汉，葵藿仰阳春。"杜甫也是承袭，并没实际考察，把它分开来注实，反而出毛病。像这种情况，只要知道比兴作用，不必细加分疏。

还有一些民间谚语传闻，并不符合实际，但是诗人据以入诗，如不理解，就会茫然了。姑举一例，如葛鸦儿《怀良人》：

> 蓬鬓荆钗世所稀，布裙犹是嫁时衣。胡麻好种无人种，正是归时不见归。

前人有个奇怪的说法，认为种芝麻(胡麻)必定要夫妻相随，互相戏谑，甚至不堪入耳，芝麻才会长得蕃茂。有个谚语："上人(和尚)种芝麻，白费种。"懂得这个习俗，才能理解第三句的用心。否则，丈夫未归，自己一个人为什么就不能种芝麻呢！为什么不提别的庄稼单提芝麻呢？这些问题都会产生的。懂得这个俗语就不成问题了。

禽鱼的情况，比草木还要复杂。杜甫《戏作俳谐体遣闷》说："家家养乌鬼，顿顿食黄鱼。"这"乌鬼"到底指什么？有说是"猪"，有说是"鸬鹚"，有说是"乌鸦"，甚至以为是"乌蛮鬼"，迄今也无定论。《诗经》里用过许多鸟兽，写过一些特点，后世解诗者一传播，就变成"定论"，其实也未必可靠，譬如："维鹊有巢，维鸠居之。之子于归，百两迓之。"注家说鸠不会营巢，专门占居鹊巢，以致"鹊巢鸠占"变成了成语。大家万口相传。南宋时的王质《诗总闻》却能提出独到的看法，为杨慎所欣赏。《升庵诗话》卷二《王雪山论诗》：

> 王雪山云："诗人偶见鹊有空巢，而鸠来居，谈《诗》者，便谓鸠性拙不能为巢，而恒居鹊之巢，此谈《诗》之病也。"今按诗人兴况之言，鸠居鹊巢，犹时曲云"乌鸦夺凤巢"耳，非实事也。今便谓乌性恶能夺凤巢，可乎？"食我桑葚，怀我好音"，亦美其地也。而注者便谓桑葚美味，鸮食之而变其音。鸮不食葚，试养一鸮，经年以葚食之，亦岂能变其音哉！今俗谚云"蚂蚁戴笼头"，例此言，亦可谓蚁着辔可驾乎！宋人不知比兴，遂谬解若此。儒生白首诵之而不敢非，可怪也。

杨慎的意见，很能发人深思。要区别诗词里用为比兴的禽鱼，和生物界有时并不一致。"鸱枭鸣衡轭，豺狼当路衢"，曹植《赠白马王彪》把鸱枭当成坏东西，而生物界猫头鹰却是益鸟，但从《诗经》、《庄子》以来就被当成坏的典型。“合昏尚知时，鸳鸯不独宿”（杜甫《佳人》），“梧桐半死清霜后，头白鸳鸯失伴飞”（贺铸《青玉案》），鸳鸯在诗里总被作为坚贞爱情的象征，但从动物学考察，完全不是那回事。欣赏诗词，却只能取传统艺术赋予它的特性，而不能从动物学角度来理解。甚至像陶渊明《读山海经》诗中的“青鸟”、“精卫”之类，世间未必实有其物，但一入诗人的吟咏，就成为一种象征，欣赏旧诗词就不能忽略它们的“存在”。

一些常见的动物，因为中国之大，各地情况不同，执一以求，就很难有一致的评价。如写河豚鱼的诗吧！《六一诗话》说：

> 梅圣俞尝于范希文席上赋《河豚鱼》诗云：“春洲生荻芽，春岸飞杨花。河豚当是时，贵不数鱼虾。”河豚常出于春暮，群游水上，食絮而肥。南人多与荻芽为羹，云最美。故知诗者，谓只破题两句。已道尽河豚好处。

《石林诗话》卷上却很不以为然：

> 欧阳文忠公记梅圣俞《河豚诗》“春洲生荻芽，春岸飞杨花”，破题两句已道尽河豚好处。谓河豚出于暮春，食柳絮而肥。殆不然。今浙人食河豚始于上元前，常州、江阴最先得。方出时，一尾至值千钱，然不多得。非富人大家预以金啖渔人，未易致。二月后，日渐多，一尾才百钱耳。柳絮时人已不食，

谓之斑子，或以其腹中生虫故恶之，而江西人始得食。盖河豚出于海，初与潮俱上，至春深，其类稍流入于江。公，吉州人，故所知者江西事也。

《庚溪诗话》卷下引了《六一诗话》之后也说：

然余尝寓居江阴及毗陵，见江阴每腊尽春初已食之，毗陵则二月初方食。其后官于秣陵，则三月间方有之。盖此鱼由海而上，近海处先得之。鱼至江左，则春已暮矣。江阴、毗陵无荻芽，秣陵等处则以荻芽芼之。然则圣俞所咏，乃江左河豚也。

苏轼《题惠崇画春江晓景》：

竹外桃花三两枝，春江水暖鸭先知。蒌蒿满地芦芽短，正是河豚欲上时。

胡仔批评说：

此正是二月景致，是时河豚已盛矣。但“欲上”之语，似乎未妥。（《苕溪渔隐丛话前集》卷三十一）

胡仔只根据叶石林的话，缺乏像陈岩肖那样的分析，东坡也就镇江、扬州等地言之耳，东坡戏云“也值那一死”，正是扬州时谈河豚之美而发。《韵语阳秋》改作“河豚欲到时”，大失此诗之意（参见吴景旭《历代诗话》卷五十六）。

在鸟类中，杜鹃、鹧鸪诗词中频繁使用。“等是有家归未得，杜鹃休向耳边啼”（《才调集》），“客泪数行先自落，鹧鸪休傍耳边啼”（韩愈），这些诗句都是人们熟悉的。但杜甫《杜鹃行》的主旨和文字都引起宋人的热烈争论。

鹧鸪的争议，也还不少。李群玉“惯穿诘曲崎岖路，来听钩辀格磔声”，下一句指鹧鸪的叫声。林和靖两句写景物的诗：“草泥行郭索，云木叫钩辀。”欧阳修《归田录》说这两句为人所称赏。一句螃蟹，一句鹧鸪。而《遁斋闲览》却提出异议，认为“鹧鸪未尝栖木而鸣，唯低飞草中”，林诗不合事实。陈敏政大约看到过鹧鸪“低飞草中”，就以为鹧鸪习性如此，事实上鹧鸪“栖木而鸣”，所在皆是。这类问题还好解释。如果写入诗词，取其象征之义，那就麻烦了。辛弃疾〔菩萨蛮〕《书江西造口壁》：

> 郁孤台下清江水，中间多少行人泪！西北望长安，可怜无数山。　　青山遮不住，毕竟东流去。江晚正愁予，山深闻鹧鸪。

这里的鹧鸪声，当然不能再指钩辀格磔了。那本书这样注：

> 鹧鸪鸟鸣声凄切，如曰“行不得也哥哥”。《鹤林玉露》卷四（淳按：此沿邓广铭先生《稼轩词编年笺注》之误，当为卷一）：“闻鹧鸪之句，谓恢复之事行不得也。”句意对朝廷主和表示不满。[4]

邓笺不从罗说而云：

> 所谓“山深闻鹧鸪”者，盖深虑自身恢复之志，未必即得遂行，非谓恢复之事决行不得也。

两处都认为鸣声是“行不得”。《酉阳杂俎》卷十六说：“鹧鸪鸣曰向南不北。”如果以“向南不北”来解释，可能语意要融通些。拿前引韩愈那两句诗说，韩愈因为谏宪宗迎佛骨，“一封朝奏九重天，夕贬潮阳路八千”，南行到了韶州郡内的宣溪，“客泪数行先自落”，而鹧鸪却仍然用“向南不北”的叫声来催人落泪，所以要它“休傍耳边啼”。辛弃疾由济南起义，投向南宋，志在恢复中原，重返故土，而遇到重重阻碍，走到这国耻之地，却偏偏又听到“向南不北”的鹧鸪声，怎不更加愁苦！“向南不北”和“钩辀格磔”声音也相近一些，比“行不得也哥哥”，要胜过一筹。



再如雁和燕在诗词中也屡见不鲜，燕多作双，以表夫妇倡随，雁多用孤，以见形单影只。有人认为雁为阳，故用奇数；燕属阴，故用偶数，这未免穿凿。我想是燕常于人家做窠生子，“紫燕双栖玳瑁梁”，“紫燕双飞似弄人”，都跟这个特点有关。雁常被个别猎获。如鲍当《孤雁诗》：

> 天寒稻粱少，万里孤难进。不惜充君庖，为带边城信。

这首诗有司马光《续诗话》说明背景，理解无分歧。但苏东坡一首〔卜算子〕的雁却引出许多争议：

## 七

缺月挂疏桐，漏断人初静。谁见幽人独往来，缥缈孤鸿影。　　惊起却回头，有恨无人省。拣尽寒枝不肯栖，寂寞沙洲冷。

黄山谷非常佩服这首词，说：

东坡道人在黄州时作。语意高妙，似非吃烟火食人语，非胸中有万卷书、笔下无一点尘俗气，孰能至此？（转引自龙沐勋《东坡乐府笺》卷二）

有人认为不合事实，鸿从来不栖树上，所以有语病。又有人以《易经》有"鸿渐于木"的话来为苏轼辩解，认为写得合理。争论的双方都忽略了"不肯栖"的措辞之妙。王若虚的《滹南诗话》卷二的解释搔着痒处：

东坡《雁词》云"拣尽寒枝不肯栖"，以其不栖木故云尔。盖激诡之致，词人正贵其如此。而或者以为语病，是尚可与言哉！近日张吉甫复以"鸿渐于木"为辩，而怪昔人之寡闻，此益可笑。《易象》之言，不当援引为证也。其实雁何尝栖木哉？

这个问题解决了，但这首词含义究竟指什么？毛晋汲古阁本《宋六十名家词》这首下注说：

惠州有温都监女，颇有色。年十六，不肯嫁人。闻坡至，甚喜。每夜闻坡讽咏，则徘徊窗下。坡觉而推窗，则其女逾墙而去。坡从而物色之曰："吾当呼王郎与之子为姻。"未几，而坡过海。女遂卒，葬于沙际，公因作〔卜算子〕词，有“拣尽寒枝不肯栖”之句。

毛晋这个注，完全是根据《古今词话》所引《女红馀志》傅会而成，那里说：

惠州温氏女超超，年及笄，不肯字人。闻东坡至，喜曰“我婿也”。徘徊窗外，听公吟咏，觉则亟去。东坡知之，乃曰：“吾将唤王郎与子为姻。”及东坡渡海归，超超已卒，葬于沙际，公因作〔卜算子〕词，有“拣尽寒枝不肯栖”之句。

这全是无稽之谈。东坡绍圣元年（1094）贬惠州，虚龄已五十九，有妾朝云随行。绍圣三年，东坡六十一岁，七月朝云卒。次年五月过海，于情于理都说不通。《女红馀志》的话，可能由《能改斋漫录》移植而成，把黄州说成惠州，把王氏女子说成温氏。《能改斋漫录》卷十六《乐府·东坡卜算子词》：

东坡先生谪居黄州，作〔卜算子〕词云……其属意盖为王氏女子也。读者不能解。张右史文潜继贬黄州，访潘邠老，尝得其详，题诗以志之：“空江月明鱼龙眠，月中孤鸿影翩翩。有人清吟立江边，葛巾藜杖眼窥天。夜冷月堕幽虫泣，鸿影翘沙衣露湿。仙人采诗作步虚，玉皇饮之碧琳腴。”

张耒这首诗和黄山谷的意思差不多，赞美苏轼这首词有仙气。吴曾大约因为“孤鸿影翩翩”、“鸿影翘沙衣

## 七

露湿”几句和“有人清吟立江边”之间若即若离的境界未弄清楚，于是用《洛神赋》“翩若惊鸿”的话，杜撰出王氏女子的话来，破坏了词的意境。

张惠言《词选》却完全从政治意义来评释这首词：

> 此东坡在黄州时作。鲖阳居士云：“缺月，刺明微也；漏断，暗时也；幽人，不得志也；独往来，无助也；惊鸿，贤人不安也；回头，爱君不忘也；无人省，君不察也；拣尽寒枝不肯栖，不偷安于高位也；寂寞沙洲冷，非所安也：此词与《考槃》诗极相似。

谭献很赞成张皋文这样的比附，说：

> 以《考槃》为比，其言非河汉也。此亦鄙人所谓“作者未必然，读者何必不然”。

陈廷焯选《词则》也采取张的意见。但把每一句都落得那样实，完全比附于政治，而失去了空灵的艺术美感，常州派词论，常常有这种毛病，不过他们完全不取“女子”之说，还算有识见的。陈匪石先生《宋词举》评此词，实获我心。他在引述张惠言、谭献之说后说：

> 此常州派比兴说，亦从东坡〔西江月〕“把盏凄然北望”及〔水调歌头〕“玉宇”“琼楼”之句联想而及者。若就词论词，则黄山谷谓“语意高妙，似非吃烟火人语”者，最为得之。首句写景，已一片幽静气象。次句写时，更觉万籁无声，纤尘不到。“幽人”身分境地，烘托已尽。然后说出“独往来”

之"幽人"。"见"上着一"谁"字,更为上两句及下"孤"字出力。至"孤鸿"之"影",则为见"幽人"者,或即"幽人"自身,均不可定。然而此中"有恨焉",不知谁实"惊"之,为谁"回头"?而却系如此,乃知实有恨事,"无人"为"省"。"拣尽寒枝"两句"孤鸿"心事,即"幽人"心事。因含此"恨",寂寞自甘,但见徘徊"沙洲",自寄其"不肯栖"之意。而其所以"恨"者,依然"无人"知之,固亦有吞吐含蓄之妙也。而通首空中传恨,一气呵成,亦具有"缥缈孤鸿"之象。于小令为别调,而一片神行,则温、韦、晏、欧所未有。

从东坡这首〔卜算子〕词,我们可以领会诗词中草木禽鱼情况的复杂性,这里还没有涉及南宋大量的咏物词,而只就诗词中写到草木禽鱼以起比兴作用的。要能正确理解和运用草木禽鱼的作用,归纳起来,大约有几点:

一、要弄清名实,防止望文生义,以致发生"跃鱼如拥剑"、"桂花即月华"之类的错误。

二、注意特征,尤其是神情气度,才能领会诗人状物之工,如"桃之夭夭,灼灼其花"、"桑之未落,其叶沃若"以及"疏影横斜"、"暗香浮动"之类。

三、要区别生物学上的草木禽鱼和文学作品中的草木禽鱼;有些如凤凰、麒麟、精卫、青鸟之类,生物界本无其物,而文学作品中屡见不鲜;有些如鸥鸮、鸳鸯,虽有

## 七

其物而美恶异趣，就应以文学传统观点正确理解在诗词中的作用，不必泥于生物学特征。

四、最重要也是最难的地方，是要分清是比是兴，抑为赋体？这与理解诗词构思及艺术特色，至关重要，上面所以不惮其烦引述〔卜算子〕词的种种解释，意思是想读者能举一反三。

最后，一些词话之类，穿凿附会，因为“词是艳科”，硬把草木禽鱼附会为风流韵事，最易误人，不可轻信。如〔卜算子〕之说张、温女子，〔贺新郎〕“乳燕飞华屋”咏榴花，被杨湜《古今词话》说成为官妓秀兰，胡仔《苕溪渔隐丛话后集》卷三十九曾痛加驳斥，可以参看，引以为戒。



---

①②③④ 见上海古籍出版社《中国历代文学作品选》中编第一册42页，25页，101页、25页、106页，同书第二册76页。

# 八、辨其虚实　发其内涵

——时地问题

世上一切事物，离不开时间和空间。写记叙文，时地交代必须明白，读者才能一目了然。抒情诗词也常要涉及时间空间，但表达方式，常常不同于散文。不弄清这方面的特点，往往影响对诗词的理解和欣赏。本文打算举若干习见的诗词谈谈这方面的一些问题。



## "人归落雁后"

薛道衡在隋朝很著诗名。他到陈朝出使，在南朝文士的围观下，即席挥毫赋诗，"入春才七日，离家已二年"。看到这两句，南方的文士直摇头说："孰谓此虏能诗？"等到续出"人归落雁后，思发在花前"时，摇头的不禁啧啧称赞说："果然名不虚得！"这件事传为诗坛佳话。诗题为《人日思归》，很多选本都乐于选入。上海古籍出版社《中国历代文学作品选》中编第一册注说：

> 人归两句：秋冬雁从北方飞来，春天又飞回北方，雁归而人未归，故云"落雁后"。人日春花未发，而人归思已动，故云"在花前"。

猛一看似乎言之成理，但稍微动点脑筋却大有问题。大雁随阳，韩愈诗里说它“穷秋南去春北归”，那是指的暮春三月，北方天气渐暖，雁阵才能北归。人日正月初七，江南的花还未发，雁群怎么倒北归呢？实际上薛道衡这诗的上句是虚拟，下句才是实指。如果于两句中各增一字作注：“人归恐落雁后，思发已在花前”，虚实分明，不烦多说，读者也就了然于胸了。所以理解诗词的时间必须分清虚实。

## “昔闻今上”

毕秋帆在岳阳楼曾撰一副楹联，脍炙人口：

> 后乐先忧，范希文庶几知道；
> 昔闻今上，杜少陵可与言诗。



杜甫晚年《登岳阳楼》“昔闻洞庭水，今上岳阳楼”，两句跨过多少春秋，表示多年夙愿一旦得偿。这里启示我们，诗词里表现时间要尽量精练而又宏远。诗词记事抒情，常常变动不居，如百金骏马注坡腾涧；一步一个脚印的方式反而少见。为了尽可能增加容量，往往只提起点和终点，中间有一个很大的跨度。《世说新语》中记载东晋谢家议论《诗经》的名句时，就举出《采薇》“昔我往矣，杨柳依依；今我来思，雨雪霏霏”，从春天跨到了冬天。杜甫的《秋兴八首》结尾说：“彩笔昔曾干气象，白头今(一作吟)望苦低垂。”也是从盛年游览到暮年怅

八

望,既有岁月的流逝,更多盛衰今昔之感。陆游的《诉衷情》:“当年万里觅封侯,匹马戍梁州……此生谁料,心在天山,身老沧洲。”抚今追昔,无限感慨,而这种时间的跨度使对比更为强烈。这些都是从昔到今,又因为已有今昔这类字眼,读者容易觉察,姑且名之曰顺跨。

“去国衣冠有今日,外家梨栗记当年。”元好问的《外家南寺》从今天的国亡家破,想到儿时的情景,在时间上是逆跨。李商隐的《锦瑟》:“锦瑟无端五十弦,一弦一柱思华年。”这一起是从今天回忆逝去的年华。结尾说:“此情可待成追忆,只是当时已惘然。”从今天追忆过去,再以当时的惘然加重今天的怅恨。时间上几个回环,强化了抒情的效果。这些都体现了时间跨度的作用。

## “闰八月初吉”

“皇帝二载秋,闰八月初吉。”这是杜甫名篇《北征》的头两句。前人评《北征》是赋体,开头是写大事用重笔,所以点明月日。初吉也就是初一。但中间说:“夜深经战场,寒月照白骨。”初一是不可能有这种景象的,于是有的注本就从古代所谓“月相四分法”里来找出路。江苏人民出版社的《中国古代文学作品选》中册这样注:“古人把一个月划分四段,第一段叫初吉,包括初一至初七、初八。”如果初吉是指一个时段,那末杜甫这么用还起什么郑重其事的作用呢?《春秋》记大事都书日干,初吉的作用也一样,只可能指一天,不可能指七八天,这是毋庸多说的。那末"寒月照白骨"怎么会出现呢?这里有个时间的暗中推移问题。《北征》写的是旅途中的几个时点而不是一天。从出发辞阙下到羌村家中,途间又要绕道,迂回曲折,经过若干时日,作者只选几个最重要的场景,前面的"闰八月初吉"到中途的"寒月照白骨",正看出旅途的艰辛。掌握诗词有暗中推移的特点,就不会惊诧了。

再如《秋兴》的第二首"夔府孤城落日斜,每依北斗望京华",落日斜时怎么就能见北斗星呢?何况结尾又说:"请看石上藤萝月,已映洲前芦荻花。"掌握时间推移的特点,就不觉矛盾。作者呆呆地坐在夔府,想念京师,缅怀旧事,从日暮望到星月,日日如此,痴情可想。



## "杜鹃声里斜阳暮"

秦观在郴州写的《踏莎行》词,万口传诵。上半阕是:"雾失楼台,月迷津渡。桃源望断无寻处。可堪孤馆闭春寒,杜鹃声里斜阳暮。"《苕溪渔隐丛话前集》卷五十引《诗眼》说:

> 后诵淮海小词云:"杜鹃声里斜阳暮。"公(指黄山谷,引者注)曰:"此词高绝。但既云斜阳又云暮,则重出也。欲改斜阳作帘栊。"余曰:"既言孤馆闭春寒,似无帘栊。"公曰:"亭传虽未必有帘栊,有亦无害。"余曰:"此词本模写牢落之状,若曰帘栊,恐

损初意。”先生曰:“极难得好字,当徐思之。”

这件事的真实性如何,姑且不论。假如真把“斜阳”改掉,倒是点金成铁了。如果说斜阳和暮是重复,那末和“月(作目者形讹,不可从)迷津渡”岂不是矛盾?实际上这首词也是用时间的暗中推移极写孤馆中的凄凉难忍。从月到白日,到斜阳,到日落(暮)再到月上。终日只在孤馆独坐,听着杜鹃“不如归去”的啼声,看着白日西沉。这斜阳暮三字非但不是重复,而且从时间的推移起到难以言传的抒情作用。

在秦观之前,唐人刘方平的《春怨》也是用的这个表现方法。“纱窗日落渐黄昏,金屋无人见泪痕。寂寞空庭春欲晚,梨花满地不开门。”从日光渐暗回到空荡荡的金屋,暗自流泪。一天如此,一月如此,以致春天已暮,梨花满地也无心思开过庭院的外门。如果不把握住诗中从一晚推移到整个春天,对结句就会茫然不得其解了。

## “征蓬出汉塞,归雁入胡天”

诗词表现时间特别是季节,常常借助物候,使人有特别亲切鲜明的感受。如《七月》中的仓庚、蟋蟀,《氓》里的桑,《离骚》中的草木更是不胜枚举。《月令》里的内容,后人常取为诗材。有时候,诗词里的物候看来矛盾。如王维的《使至塞上》:

单车欲问边，属国过居延。(《文苑英华》作“衔命辞金阙，单车欲问边。”)征蓬出汉塞，归雁入胡天。大漠孤烟直，长河落日圆。萧关逢候骑，都护在燕然。

这是王维五律中的名篇，也是一般选本必选的篇目。但“征蓬出汉塞”和“归雁入胡天”，季节是矛盾的。《芜城赋》里写“孤蓬自振，惊沙坐飞”是和“凌凌霜气，飒飒风威”联在一起。实际观察，鲍照的写法是符合科学的。蒲公英秋天种子成熟，随风飘荡，而这时却正“雁阵惊寒，声断衡阳之浦”了，如何能和“归雁入胡天”的春末夏初景物出现在一起呢？我见到的注本都避而不谈。实际上这里有一个时间的跨度。“征蓬出汉塞”既表明出使的季节，又暗含飘荡转徙之艰辛。“归雁入胡天”既反兴人之出塞，又以表明至塞上的季节。这个时间的跨度，正突出题目《使至塞上》中的“至”字。“大漠”两句写景雄浑壮阔，然如果对照京师风物，又见出荒凉单调来，点出途中的索寞。结尾见到候骑，确知都护所在，好像茫茫夜途，忽然见到去处的灯火，一种欣慰之感油然而生，题目中的意思才表现得完整。前面表面上的物候矛盾，却创造出浓烈的抒情气氛。

## “柳叶鸣蜩绿暗，荷花落日红酣。三十六陂春水，白头想见江南”

王荆公这首《题西太乙宫》诗，不但使苏东坡心折，而且有人推为六言绝句的压卷。黄山谷尽力次韵争胜，终逊一筹。这首诗前两句是夏末秋初的景色,第三句偏偏用“春水”字样,有的本子以为矛盾,把第三句改成“三十六陂流水”,似乎季节上不矛盾了,但诗境也就打了很大的折扣。陂塘是蓄水的,“流”字无理,而且荷花也很少长在流水里。“春”字非但不是错字,而且一字有千钧之力。着一“春”字,表示春水生时,作者就想见江南,而今已到秋初,仍然杳无归期。这样时间由秋逆跨到春,终年如此,乡思之切,几于无日忘之。改掉这个“春”字,就失掉这种深沉的抒情效果而只能表达一霎时的思乡之感。所以碰到这类情况,决不能掉以轻心。附带说一句,古人写景之作也有可议之处,譬如王羲之《兰亭集序》三月三日用了“天朗气清”的话,引起了争议。唐朝前期有位以趁韵出名的权龙褒,皇太子夏日宴会赋诗,权写景却说:“严霜白皓皓,明月赤团团。”这真是驴唇不对马嘴。惹得太子批上四言六句:“龙褒才子,秦州人士。明月昼耀,严霜夏起。如此诗章,趁韵而已”(见《唐诗纪事》卷八十)。像权龙褒这样的“才子”,诗史上可能仅此一家。一般流传而常入选的诗篇不会是“权龙褒体”。因此得多想一想矛盾现象的背后是否另有深意。

### “十五从军征,八十始得归”

诗词里讲到时间的数字也有虚有实。《木兰诗》先说“将军百战死,壮士十年归”,又在后面说,“同行十二年，不知木兰是女郎”。到底多少年，这就要了解行文的虚实零整。汉乐府里的“十五从军征，八十始得归”，应作夸张看。但有的注家居然认定服役六十五年而大发议论，言可见当时兵役之长久。如果真是如此，那末当时男人平均寿命都要过耄耋，还慨叹什么“人生七十古来稀”？服兵役还要到八十岁呢！实际上这个八十只是虚夸。杜甫《兵车行》说“去时里正与裹头，归来头白还戍边”，和它一样，极言服役之长归乡无日而已。

杜牧的《泊秦淮》是家喻户晓的诗篇。“商女不知亡国恨，隔江犹唱《后庭花》”，是扣人心弦的名句。但从时间上一想就大有文章。陈亡于公元 589 年，杜牧生于 803 年，相距二百多年，二百几十年后的秦淮商女怎么能要求她们有“玉树歌残王气终”的亡国之恨呢？杜牧的指责岂非不近人情？可是，读这首诗的人恐怕没有人责备杜牧缺乏时间观念吧！杜牧正是提出超时间的“无理”苛求，来达到借古讽今的目的。正像他在《上知己文章启》中说的“宝历大起宫室，故作《阿房宫赋》”一样，意在讽朝廷以陈亡于荒淫佚乐为戒而已。诗里超越时间的矛盾，正发人深思，起到上述的表达作用。

## “瞿塘峡口曲江头”

像时间要有大的跨度一样，空间也需要跳跃，《秋兴八首》触目可见，“瞿塘峡口曲江头，万里风烟接素秋”，一句飞跨两地而再用一句点明，这最易觉察。“画

八

省香炉违伏枕，山楼粉堞隐悲笳。”“一卧沧江惊岁晚，几回青琐点朝班。”一句昔日长安，一句今日夔府，时地的跨度中，无限今昔盛衰飘流羁旅的感慨。诗词中这种方式非常普遍。

“万里戎王子，何年别月支。异花开绝域，滋蔓匝清池。”杜甫《陪郑广文游何将军山林》十首中这几句人们特别乐于引用。一句写本生长于绝域，一句写蕃盛于园林。有的本子把“开”改成“来”，就显得平淡多了。这种大跨度的跳跃，前人术语叫大开大合，开合越大，容量越大，感人越深。“渭北春天树，江东日暮云”，杜甫怀念李白的这一联，后人津津乐道，也是具有上述的特点。

## 身历其境与想象

由陕入蜀，古人视为畏途。李白的《蜀道难》形容尽致，以致贺知章称他为谪仙人。但李白至少在少年之后就未走过这条路，而杜甫却一栈栈地从秦州走到成都，写了二十四首五古的纪行诗，李白写青泥岭说：

> 青泥何盘盘，百步九折萦岩峦。
> 扪参历井仰胁息，以手抚膺坐长叹。

这里是用夸张来渲染气氛，使人闻而生畏。杜甫亲自走这儿，艰苦备尝，写了首《泥功山》诗：

> 朝行青泥上，暮在青泥中。泥泞非一时，版筑

劳人功。不畏道途远，乃将汩没同。白马为铁骊，小儿成老翁。哀猿透却坠，死鹿力所穷。寄语北来人，后来莫匆匆。

两相比较，杜甫因为亲身经历过，所以虽然不免夸张，却能给人以实感。但杜诗的地理也引起过争议。《闻官军收河南河北》中"即从巴峡穿巫峡"一句引出不少文章。从四川出峡应该先巫峡后巴峡。两个地名平仄一样，不存在因诗律而倒置的问题。有人认定巴峡在巫峡之西，于是引出上游的小三峡来曲为之说。但是一小一大，拟于不伦。我以为巴峡仍然是大三峡之一。但杜公此时"漫卷诗书喜欲狂"，既未经过，只能想象。《水经注疏》列举三峡之名，即有"西峡巴峡巫峡"之一说。《太平寰宇记》即从此说。其书虽成于宋，在杜甫后，但说法不是乐史自创，必有所本。杜公读书而信其说亦易理解，不必另生枝节。前人指杜诗为图经，那是就他纪行诗说，假如没有身经其地，难免囿于陈说。后来亲身从夔州出峡就没有这类问题了。所以应该注意作者是亲身经历还是虚拟想象。



## "龙城飞将"

空间的虚实更多见于边塞军旅的地名上。唐人习惯以汉地借指边地。如上引王维诗中的"居延"、"燕然"之类。这本来是起码常识，但一些名家却往往忽略了，因而大钻牛角尖。

## 八

“秦时明月汉时关，万里长征人未还。但使龙城飞将在，不教胡马度阴山。”王昌龄《出塞》曾经被杨慎《唐绝增奇》推为唐人七绝压卷。评价是否偏高，不在本文讨论范围，姑且存而不论。而这“龙城”二字却引起了考据家的兴趣。宋本《唐百家诗选》作“卢城”，阎若璩抓住这一点，在《潜邱札记》卷二里作了很长的考证。中心意思是当作“卢城”，“卢城”就是“龙卢”，是汉时的右北平，李广在这做过太守。而“龙城”是匈奴祭天的地方，不该称李广为“龙城飞将”。乍一看来，有理有据，所以有的注本也引用阎说。但阎百诗老先生却忘了地名常多虚指的常识，把写诗当成修《资治通鉴》一样看待了。“龙城”究竟指少数民族的心脏地区还是唐代的边防重镇，在唐诗里因人因时因诗而异，不能一概而论。“谁能将旗鼓，一为取龙城?”沈佺期这里当然指的对方的要害之地。而和王昌龄时代相接的常建《塞下》说：

> 铁马胡裘出汉营，分麾百道救龙城。左贤未遁旌竿折，过在将军不在兵。

这里的“龙城”就非指我方的边防重镇不可。既然王诗各本都作“龙城”，怎么能单凭一个选本就断定当为“卢城”呢?

### “暮至黑山头”

阎若璩的话不能说是无根之谈，只是把虚的过于坐实了。前些年有人忽然考证出《木兰诗》里的黑山的确切位置和名称，并且言之凿凿，其中有一条“力证”是“朝辞黄河去，暮至黑山头”，某某山离黄河渡口正好一天的路程，振振有辞。我们且不说“黑山”还有本子作“黑水”的，单说黄河上中下游的渡口至少也得有几十吧！木兰究竟从哪个渡口过黄河的呢？真是天晓得。更何况木兰其人其事虚拟还是实事也还有争议。拿时代说，上限胡应麟说是晋人（《诗薮》内编卷三）。下限呢，有人说经过唐朝的李药师。至于民族、籍贯、姓氏更是各说各的，黄州有木兰将军庙，杜牧之诗里谈得很详，有关的方志更是众说纷纭。这样一个传说的人和事，居然能够凭“朝辞”、“暮至”就能考证出黑山今名何山，位于何处。如此出神入化，真使人难以信服。



连带想起前几年有人为了否定岳飞《满江红》的创作权，举出一条理由：“驾长车踏破贺兰山缺”不符合岳飞的进军路线，岳飞是大将，不会犯这种地理常识的错误云云。如果用这样理由来推论，那末范仲淹的“穷塞主”也就是立脚不住了，范在西北，却说“燕然未勒归无计”，燕然山的地理位置和西北不相干。王昌龄诗中的“楼兰”、王维诗里的“居延”，《唐书·地理志》压根儿都不见其名，岂不都成为无稽之谈？如此读诗词，如何得了！因此不辨虚实，就很难正确理解诗词中地名的作用。

## 燕支　凤凰　临邛

有些地名，运用人的联想，起到一些特殊的作用，不可等闲放过，姑且举三个例子。

知君书记本翩翩，为许从戎赴朔边。红粉楼中应计日，燕支山下莫经年。

杜审言这首《送苏绾书记》七绝是初唐较出名的。“燕支山”虽然实有其地，但作者在这儿和“红粉楼”对举，却另有用意。乐府中有“夺我燕支山，使我妇女无颜色”的歌词。燕支从妇女的化妆品可以借指美女，特别是北地佳人。“燕支山下莫经年”，是微妙地规劝提醒对方：应该想到红粉楼中的妻子在家中望眼欲穿，数着日子计算你的归期，可千万不能流连他乡女色乐而忘返。这种话如果直说，易伤感情，而且人还未离家，就如此叮嘱，未免看扁了朋友。而用“燕支山”来使对方玩味，就委婉动听，不会有反感。

张潮（一作朝）的《江南曲》是写妇女心理细致出名的绝句：“茨菇叶烂别西湾，莲子花开未见还。妾梦不离江上水，人传郎在凤凰山。”男的一去快周年了，杳无音信，女子怀念不已，耳边听了些闲言风语，心里也不免有些担心，是不是他变了心另觅新欢呢？不能明说，只好用“人传郎在凤凰山”一句若即若离若明若暗地表现这种心理。凤凰山，好多地方都有，有的注本也以不能确指为憾。我以为关键在“凤凰”二字的联想,不在于山在何方。“凤凰于飞”表示夫妇倡随之乐。“人传郎在凤凰山”着上“人传”再用“凤凰”二字引起联想,不会直说刺激对方,起到“言之者无罪,闻之者足以戒”的作用。

聂夷中一首《古别离》也和这首用意相近。“别恨牵郎衣,问郎游何处。不恨归日迟,莫向临邛去。”临邛是司马相如和卓文君闹罗曼史的地方。卓文君当垆又使酒客心醉。借这个历史地名来委婉地向对方表示自己的担心:你走得再远离别再久也不怕,可千万别给女人迷住啊。临邛这个特殊的地名就能收到独特的讽劝效果。

通过敏感的地名来起一种特别含蓄的作用,诗词中常常碰到,不可轻轻放过。

## 九、提纲挈领　包孕无穷

——谈题引

严沧浪非常重视唐人的“题引”，他在《沧浪诗话·诗评》中说：

> 唐人命题，言语亦自不同。杂古人之集而观之，不必见诗，望其题引而知其为唐人、今人矣。

辛文房《唐才子传》卷三《独孤及传》后一段议论，也强调诗题的重要：

> 尝读《选》中沈、谢诸公诗，有题《新安江水至清浅深见底贻京邑游好》及《石门新营所住四面高山洄溪石濑茂林修竹》及《田南树园激流植援》、《斋中读书》、《南楼中望所迟客》、《晚登三山还望京邑》等数端，皆奇崛精当，冠绝古今，无曾发其韫奥者。逮盛唐，沈、宋、独孤及、李嘉祐、韦应物等诸才子集中，往往各有数题，片言不苟，皆不减其风度，此则无传之妙。逮元和以下，佳题尚罕，况于诗乎？立题乃诗家切要，贵在卓绝清新，言简而意足，句之所到，题必尽之，中无失节，外无馀语，此可与知者商榷云。因举而论之。

严羽强调“题引”的作用，说过了头，他是崇唐抑宋的，但就“题引”方面来强生分别，当然不能服人。钱振锽《谪星说诗》批评说：

> 又云：“不必见其诗，望其题引而知为唐人、今人。”唐人题引有何难肖，何必沧浪始能之。且六朝人琐碎不整题甚多，唐元、白、皮、陆题引琐碎，尤不一而足，得谓之非唐人乎？

在《诗话》里钱振锽又结合严羽之诗加以讽刺：

> 夫唐人题引有何难肖，如此摹古，三岁小儿优为之。羽诗题引固式法唐人矣，而其诗则真唐人欤，抑摹唐者欤？（转引自《沧浪诗话校释》）

这些批评，恐严羽也无词以对。辛文房那段议论，也可能受到严羽影响，而说得充分些。他强调“立题乃诗家切要”的观点，大体上说得过去。不过这段议论如果总起来看，毛病也不少。从所引的几个题目看，把沈约放到谢灵运前面，时代既颠倒，也不合《文选》中先后的次序，只能看出作者信笔写下而已。这还是小毛病。把这几个题目定为最高准则，又夸大到“冠绝古今”、“无传之妙”，说元和以下“佳题尚罕，况于诗乎”，这就令人更难接受。我们承认，题目好，对诗作是有关系的。但题引不是和诗作同时出现，而是在诗歌发展到一定阶段才产生的。既产生之后，由六朝到宋代，却愈后愈精，而决不是一代不如一代。不妨从历史上略加回顾。

## 九

《诗经》本来未必有题目，传诗的人从头两句中取几个字作标题，如《关雎》、《卷耳》、《硕鼠》、《七月》、《北山》、《采薇》、《板》、《长发》之类是一两个字，《殷其雷》、《江有汜》等首句三字，全取用。《野有死麕》、《皇皇者华》、《维天之命》等四字题已经很少，最长的只有《昊天有成命》一首五字题，但三、四、五字多取诗作中的首句。后世作四言诗的，命题仍然欢喜用《诗经》这种方式。拿五言诗来看，《古诗十九首》没有标题，如果引用，往往只以第一句作题目，这还是沿袭《诗经》的遗风。如果把逯钦立的《先秦汉魏晋南北朝诗》打开从头检查，早期题目较长的有曹丕《于清河见挽船士新婚与妻别诗》，但一看内容，并未写尽题意（《诗纪》题目就作《为挽船士与新娶妻别》），见中华书局版。魏文帝还有一首题为《见挽船士兄弟辞别诗》，嵇康有《四言赠兄秀才入军诗》，孙楚有《征西官属送于陟阳侯作诗》只有寥寥几首，题后有引的就数曹植的《赠白马王彪》了。

诗题的多样化要数陶渊明，他既有《止酒》、《归园田居》、《读山海经》等较简单的题目，也有《示周续之祖企谢景夷三郎时三人共在城北讲礼校书》、《庚子岁五月中从都还阻风于观林作诗二首》、《辛丑岁七月赴假还江陵夜行途中诗》、《己巳岁三月为建威参军使都经钱溪诗》等长题，不一而足。而这些诗的题目和内容互相映发，相得益彰。有些短题，后面附几句“引”，这几句“引”对理解诗意，关系极大。如《赠羊长史诗》题后有"引"曰:"左军羊长吏,衔使秦川,作此与之。"因为有这"衔使秦川"几字,所以诗中"路若经商山,为我少踌躇。多谢绮与甪,精爽今何如"等语才有根,读者也能就此领会诗外的微旨。《与殷晋安别》引说:"殷先作晋安南府长史掾,因居浔阳。后作太尉参军,移家东下,作此以赠。"有这个"引","去岁家南里,薄作少时邻。负杖肆游从,淹留忘宵晨。语默自殊势,亦知当乖分。未谓事已及,兴言在兹春",这些诗句的感情和分量就大不相同。《饮酒诗二十章》的题引更为有名:

余闲居寡欢,兼比夜已长,偶有名酒,无夕不饮。顾影独尽,忽焉复醉。既醉之后,辄题数句自娱。纸墨遂多,辞无诠次。聊命故人书之,以为欢笑尔。

这个题引对理解《饮酒》诗的内容关系极大,而且这个题引表面上是说信手写的"辞无诠次",实际上第一首说:"衰荣无定在,彼此更共之……忽与一樽酒,日夕欢相持。"可以看成二十首的总纲,而末首说:

羲农去我久,举世少复真。汲汲鲁中叟,弥缝使其淳。凤鸟虽下至,礼乐暂得新。洙泗辍微响,漂流逮狂秦。《诗》、《书》复何罪,一朝成灰尘。区区诸老翁,为事诚殷勤。如何绝世下,六籍无一亲。终日驰车走,不见所问津。若复不快饮,空负头上巾。但恨多谬误,君当恕醉人。

## 九

这是二十首的总结。这种组诗的方式，虽然不同于曹植《赠白马王彪》那样结构严密，但这种有起有结中间比较自由的方式，开了后来无限法门。譬如杜甫的《秦州杂诗》就是这种方式。陶渊明的题引是开创的例子。

平心而论，六朝诗的题引，应以陶渊明为最，辛文房举的沈、谢诗题都瞠乎其后。

正因为陶渊明以后，诗人重视题引和诗章本身的关系，因此我们欣赏诗词也就必须重视题目。像韩愈的《山石》、李商隐的《锦瑟》，取头两个字作诗题，这是保持《诗经》的遗风，也是难以用几个字提示诗的内容时的应急处置。这在后世已较少见。咏物诗以物为题，不容易看出作者命题的匠心，但像骆宾王的《在狱咏蝉》就不同于一般咏蝉，如果题目中不加“在狱”二字，“南冠客思侵”，“无人信高洁，谁为表余心”等字就没有着落。这大概就属辛文房说的“句之所到，题必尽之，中无失节，外无馀语”的特色吧！

杜甫的诗题很足以发人沉思。比如同样的题材，标题和诗句显出其中的微微之辨。杜甫到何将军山林前后玩过两次，第一次写十首五律，题目是《陪郑广文游何将军山林十首》。第一首说：

> 不识南塘路，今知第五桥。名园依绿水，野竹上青霄。谷口旧相得，濠梁同见招。平生为幽兴，未惜马蹄遥。

这一首把题目交代得清清楚楚。郑子真隐于谷口，因此用这两句点明"陪郑广文"。浦起龙《读杜心解》卷三之一评说：

> 此从来路写起，却是十首之标题。曰"不识"、"今知"，初游也。先山林，次广文，次陪游，而总括以"幽兴"两字，既收本首，亦领诸首也。

末首说：

> 幽意忽不惬，归期无奈何。出门流水住，回首白云多。自笑灯前舞，谁怜醉后歌。只应与朋好，风雨亦来过。

浦评说：

> 十首总结，无笔不应。"幽意"之应"幽兴"，"流水"之应"濠梁"、"朋好"之应"广文"，"来过"之应"不识"，人所知也。其曰"自笑"、"谁怜"，正暗与"词赋何益"、"山林未赊"相应。名流集而起"舞""灯前"，陪游其可乐矣；娼嫉多而悲"歌""醉后"，暗投能勿伤乎？选胜则愁怀解，离群则旧恨来，人之至情也。献赋被斥，自是尔时关目，故应不漏。
>
> 凡数首宜章法一线，理固然也。但纪游题又稍异。随所历而述为诗，非如发议写怀诸作须通体盘旋也。特于首尾各一两章，自成布置。

这都说明题目和诗篇乃至章法有密切关系。后来杜甫又去玩了一次，作《重过何氏五首》处处点明“重过”的特点，开头一首说：

问讯东桥竹，将军有报书。倒衣还命驾，高枕乃吾庐。花妥莺捎蝶，溪喧獭趁鱼。重来休沐地，真作野人居。

第二首开头说：“山雨樽仍在，沙沉榻未移。犬迎曾宿客，鸦护落巢儿。”第三首说：“自今幽兴熟，来往亦无期。”最后一首：

到此应尝宿，相留可判年。蹉跎暮容色，怅望好林泉。何日沾微禄，归山买薄田。斯游恐不遂，把酒意茫然。

这些内容，如果题目中没有“重过”两字就令人费解了。

曹霸是开元、天宝间有名的画家，也是杜甫的朋友。杜甫为他写过两首有名的七古。一首是大家都熟悉的也是一般唐诗选本都选的《丹青引赠曹将军霸》，开头说：

将军魏武之子孙，于今为庶为清门。英雄割据虽已矣，文彩风流今尚存。学书初学卫夫人，但恨无过王右军。丹青不知老将至，富贵于我如浮云。

中间写曹霸丹青之妙，重点在描写“先帝天马玉花骢”那一段，可说神完气足，结尾又是这样：

> 将军善画盖有神，必逢佳士亦写真。即今飘泊干戈际，屡貌寻常行路人。途穷反遭俗眼白，世上未有如公贫。但看古来盛名下，终日坎壈缠其身。

浦起龙提醒读者说：

> 读此诗，莫忘却“赠曹将军霸”五字……通篇感慨淋漓，都从此五字出。自来注家只解作题画，不知诗意却是感遇也。但其盛其衰，总从画上见，故曰《丹青引》。

此评很确切，使读者知道题目和内容的密切关系。杜甫另外一首《韦讽录事宅观曹将军画马图歌》全文如下：



> 国初以来画鞍马，神妙独数江都王。将军得名三十载，人间又见真乘黄。曾貌先帝照夜白，龙池十日飞霹雳。内府殷红玛瑙盘，婕妤传诏才人索。盘赐将军拜舞归，轻纨细绮相追飞。贵戚权门得笔迹，始觉屏障生光辉。昔日太宗拳毛騧，近时郭家狮子花。今之新图有二马，复令识者久叹嗟。此皆骑战一敌万，缟素漠漠开风沙。其馀七匹亦殊绝，迥若寒空动烟雪。霜蹄蹴踏长楸间，马官厮养森成列。可怜九马争神骏，顾视清高气深稳。借问苦心爱者谁，后有韦讽前支遁。忆昔巡幸新丰宫，翠华拂天来向东。腾骧磊落三万匹，皆与此图筋骨同。

## 九

自从献宝朝河宗，无复射蛟江水中。君不见，金粟堆前松柏里，龙媒去尽鸟呼风。

这是一幅九马图，重点在写图画之妙，而在结尾寄托盛衰之感。因为这幅图是韦讽录事收藏的，题目中有“韦讽录事宅”几个字，所以中间有“借问苦心爱者谁，后有韦讽前支遁”这两句，这样不但“句之所到，题必尽之”，而且最后几句悲歌慷慨，淋漓尽致。浦起龙说是因为“身历兴衰，感时抚事，惟其胸中有泪，是以言中有物”。评论也很精到。

两者内容同中有异，着笔自别，题目也因之而异。再如杜甫五古名篇《自京赴奉先县咏怀五百字》和《北征》都有纪行的内容，但标题截然不同。第一篇以咏怀为主，但所见所感触目伤心，从“杜陵有布衣”到“放歌破愁绝”，这一段专为“咏怀”。从“岁暮百草零”到“惆怅难再述”，写出京过骊山所见所闻，目击心酸。“北辕就泾渭”到“澒洞不可掇”，写过渡口至家幼子饿死的惨痛，而推想到比自己更苦的那些“失业徒”“远戍卒”，可以说叙事为咏怀服务，所以只选几点来写，而整个旅途经历则全部跳过。这是纪行和咏怀结合为咏怀服务，所以创造了这样的标题。《北征》就全用的纪行题目，所以先点时间，“皇帝二载秋，闰八月初吉”，再叙目的，“杜子将北征，苍茫问家室”，然后结合时势写自己因谏房琯事受冤和恋阙的心情。然后历叙途间日夜所见，再写回家后家人之间的天伦之乐等，这全是纪行体。虽然不无感慨，但和《自京赴奉先县咏怀五百字》完全不同，所以标题各别。

题目的主语常常很有讲究，如同是风雨造成的愁闷，杜甫有《秋雨叹》、《楠树为风雨所拔叹》、《茅屋为秋风所破歌》等诗，后两首都用被动句式，那是因为内容都就“楠树”和“茅屋”生发，所以题目中把它们放到突出的位置。再如杜甫晚年在白帝城观看临颍李十二娘舞剑器，他不说《观李十二娘舞剑器行》而说《观公孙大娘弟子舞剑器行》，并且写了个《序》说：

> 大历二年十月十九日，夔州别驾元持宅，见临颍李十二娘舞剑器，壮其蔚跂，问其所师，曰：“余，公孙大娘弟子也。”开元五载，余尚童稚，记于郾城观公孙氏舞《剑器》、《浑脱》，浏漓顿挫，独出冠时。自高头宜春、梨园二伎坊内人，洎外供奉，晓是舞者，圣文神武皇帝初，公孙一人而已。玉貌锦衣，况余白首，今兹弟子，亦匪盛颜。既辨其由来，知波澜莫二，抚事慷慨，聊为《剑器行》。昔者吴人张旭，善草书书帖，数尝于邺县见公孙大娘舞《西河剑器》。自此草书长进，豪荡感激，即公孙可知矣。

从这段序中，知道作者重点放在抚今追昔的盛衰之感，所以标题列出“公孙大娘”，而序里从看李十二娘引出，这首七古也写得豪荡感激，是杜甫名篇：

> 昔有佳人公孙氏，一舞剑器动四方。观者如山

色沮丧，天地为之久低昂。㸌如羿射九日落，矫如群帝骖龙翔。来如雷霆收震怒，罢如江海凝清光。绛唇珠袖两寂寞，晚有弟子传芬芳。临颍美人在白帝，妙舞此曲神扬扬。与余问答既有以，感时抚事增惋伤。先帝侍女八千人，公孙《剑器》初第一。五十年间似反掌，风尘澒洞昏王室。梨园弟子散如烟，女乐馀姿映寒日。金粟堆南木已拱，瞿塘石城草萧瑟。玳筵急管曲复终，乐极哀来月东出。老夫不知其所往，足茧荒山转愁疾。

如果没有前面的题和序，人们会觉得杜甫这样写是喧宾夺主，明明看的李十二娘，写的绝大部分都是公孙大娘。如果写李十二娘舞得神妙，那不过是一篇描写歌舞技艺的笔墨，就不能使读者有"对此茫茫，百端交集"的感慨。这都可见"立题乃诗家切要"，题引和诗什相得益彰的特点。

和上述情况表面相反的是有些诗不便明说，故意在题目上含糊其词，不劳赘述。还有诗里有话不愿或不能明说，借题目"书事"、"有感"之类的字眼透露点消息，让人们自己琢磨领会。姑且举一个例子，《陈与义集》卷十九《巴丘书事》：

三分书里识巴丘，临老避胡初一游。晚木声酣洞庭野，晴天影抱岳阳楼。四年风露侵游子，十月江湖吐乱洲。未必上流须鲁肃，腐儒空白九分头。

乍看这首诗，前六句只是叙事写景，无事可言，七八句两句用《三国志》鲁肃的事，也不能叫做书事。胡稚注：

> 巴丘，即岳州。《左传·昭十七年》："司马子鱼曰：我得上流，何故不吉？"《三国志》：刘备令关羽专有荆土。孙权怒，遣吕蒙取南三郡，使鲁肃以万人屯巴丘，与羽相距，蒙知羽居国上流，其势难久。

胡注只看重交代"上流"的字面，未搔着痒处，按《三国志·吴志》卷九《周瑜·鲁肃·吕蒙》言周瑜至巴丘道卒病甚曾举鲁肃自代：



> 周瑜病，因上疏曰："当今天下方有事役，是瑜乃心夙夜所忧。愿至尊先虑未然，然后康乐。今既与曹操为敌，刘备近在公安，边境密迩，百姓未附，宜得良将以镇抚之。鲁肃知略足任，乞以代瑜。瑜陨踣之日，所怀尽矣。"即拜肃奋威校尉，代瑜领兵。

陈与义到巴丘是建炎二年(1128)十月。这一年，东京留守宗泽七月份在大呼三声"渡河"声中壮烈辞世。宗泽在还有号召力，能恢复，宗泽死了，谁能代他呢？这里所谓"书事"应指听到宗泽逝世的噩耗，以周瑜比宗泽，那么谁是今天的鲁肃呢？朝廷能不能慎选将材，但自己不在其位，头急白了，也是白费。这里隐含对时局的无限忧虑，却用“书事”两字让人由古及今，得其欲言难言之情。如果这首诗题目写成《巴丘闻宗留守汝霖薨》，就太刺眼了，而且用那样的题目就必须正面写一点宗泽的功烈，反而不如这样在写景中透露时世动乱之感来得动人。这又是标题的妙用，没有“书事”二字人们就以为是说巴丘的历史，那就该写成《巴丘怀古》了。因此读诗不能放过题目。

一首诗如果有两个不同的题目，我们还可根据内容来判断哪一个题目更好，如杜荀鹤：

> 夫因兵死守蓬茅，麻纻衣衫鬓发焦。桑柘废来犹纳税，田园荒后尚征苗。时挑野菜和根煮，旋斫生柴带叶烧。任是深山更深处，也应无计避征徭。

这首诗题目一种叫《山中寡妇》，一种称为《时世行》，说《山中寡妇》，对前面几句很贴切，但用《时世行》为题，即由一个寡妇的苦难推及整个时世，使结尾两句的意义更深广，两者相较，我以为《时世行》优于《山中寡妇》。

词的情况和诗有同有异。早期的词牌常常就是题目，如写江南风光的就叫〔江南好〕或〔忆江南〕，写女子发式的叫〔菩萨蛮〕，写渔父风光的就叫〔渔歌子〕，写女道士的叫作〔女冠子〕等，本身就是题目。但后来词牌只起表明唱谱的作用，词的内容逐渐从艳科趋向多样，丰富扩展词的题材的第一个重要作家是苏轼。这时如果仍然沿袭唐五代只标调名的作法,有时会使读者茫然不解,因此词调之后,《东坡乐府》大多数另有题引,对词作起的作用和诗的题引相同,譬如〔念奴娇〕本来描写与女性有关,苏轼在黄州填这个调加个〔赤壁怀古〕的题目,流传千古。有些词的新意就靠题目点醒或生发,如苏轼〔浣溪沙〕《游蕲水清泉寺,寺临兰溪,溪水西流》:

山下兰芽短浸溪,松间沙路净无泥,萧萧暮雨子规啼。　　谁道人生无再少,门前流水尚能西,休将白发唱《黄鸡》。

换头两句最精彩,而根子在题中"溪水西流"四个字上,没有这四个字,词句会使人感到突兀。再如苏轼一首〔永遇乐〕:

明月如霜,好风如水,清景无限。曲港跳鱼,圆荷泻露,寂寞无人见。紞如三鼓,铿然一叶,黯黯梦云惊断。夜茫茫,重寻无处,觉来小园行遍。
天涯倦客,山中归路,望断故园心眼。燕子楼空,佳人何在,空锁楼中燕。古今如梦,何曾梦觉,但有旧欢新怨。异时对黄楼夜景,为余浩叹。

联系原来的题引"彭城夜宿燕子楼,梦盼盼,因作此词",我们才能较深刻地领会下半阕的深沉感情,因为这些语句把有关盼盼独守燕子楼最终赋诗矢志绝食而死等事联在一起,引起遐想,而苏轼又用"庄子思想使之哲理化”。

辛弃疾也是无事不可入词的大家，又欢喜掉书袋，词作也是大半有题引。如果不加题引仍然沿袭唐五代只标调名，那末有时会使人如堕五里雾中。如〔八声甘州〕：

> 故将军饮罢夜归来，长亭解雕鞍。恨灞陵醉尉，匆匆未识，桃李无言。射虎山横一骑，裂石响惊弦。落魄封侯事，岁晚田园。　谁向桑麻杜曲，要短衣匹马，移住南山。看风流慷慨，谈笑过残年。汉开边，封侯万里，甚当时健者也曾闲。纱窗外，斜风细雨，一阵轻寒。

篇中主要讲李广事，但下半阕又有杜甫，而结尾与李广又毫不相干。读了作者的题引，才恍然大悟，非常切题。题引说：“夜读《李广传》不能寐。因念晁楚老、杨民瞻，约同居山间，戏用李广事，赋以寄之。”上半阕讲的《李广传》事，下半阕由杜甫“短衣匹马随李广，看射猛虎终残年”的诗意说到晁、杨二人，而结尾点明夜“不能寐”。这可算“句之所到，题必尽之。中无失节，外无馀语”了。

再如〔满江红〕《送信守郑舜举被召》：

> 湖海平生，算不负苍髯如戟。闻道是，君王着意，太平长策。此老自当兵十万，长安正在天西北。便凤凰飞诏下天来，催归急。　车马路，儿童泣。

风雨暗，旌旗湿。看野梅官柳，东风消息。莫向蔗庵追语笑，只今松竹无颜色。问人间，谁管别离愁，杯中物。

有了这个题目，人们对内容的精彩贴切就加深了印象。

南宋亡国后一些词人要表达亡国身世之感常常采用极简短的题目（因为词本无题目，所以不能效法李商隐的《无题》）。一种是以咏物为掩护，如王沂孙的〔齐天乐〕《蝉》可为代表：

一襟馀恨宫魂断，年年翠阴庭树。乍咽凉柯，还移暗叶，重把离愁深诉。西窗过雨，怪瑶佩流空，玉筝调柱。镜暗妆残，为谁娇鬓尚如许。　铜仙铅泪似洗，叹移盘去远，难贮零露。病翼惊秋，枯形阅世，消得斜阳几度。馀音更苦。甚独抱清商，顿成凄楚。谩想薰风，柳丝千万缕。



周济《宋四家词选》评说："此家国之恨。"

另一种以"春"为题，如张炎〔高阳台〕《西湖春感》"接叶巢莺"云云，实际也是写亡国之病。如果在"春感"、"伤春"、"送春"之类的短题之前，着以干支纪年，那就更要注意这个题的特点。如刘辰翁〔兰陵王〕《丙子送春》：

送春去，春去人间无路。秋千外，芳草连天，谁遣风沙暗南浦？依依甚意绪。漫忆海门飞絮。乱鸦过，斗转城荒，不见来时试灯处。　　春去，最谁苦。但箭雁沉边，梁燕无主。杜鹃声里长门暮。想玉树凋土，泪盘如露，咸阳送客屡回顾。斜日未能度。　　春去，尚来否？正江令恨别，庾信愁赋（二人皆北去）。苏堤尽日风和雨。叹神游故国，花记前度。人生流落，顾孺子，共夜语。

作者在题目“送春”前特加“丙子”二字，读者就必须注意，丙子是德祐二年（1276）、元至元十三年，这年正月，元兵前锋至临安，宋帝奉表请降，三月宋帝和太后都被元兵掳往北方。所以刘辰翁特别在题中标“丙子”二字，在词中又特别用江淹、庾信事而自注“二人皆北去”几个字，用意不是非常明显吗？

综合上面的论述，说明诗词自有题引之后，题引和诗词正文就有不可分割的关系，或者是提示诗词重点，或者是暗示弦外之音。因此欣赏诗词就不能不重视题目。但有时读些选本却往往有文不对题的感觉，姑举二例：

苏轼《饮湖上初晴后雨》：

水光潋滟晴方好，山色空濛雨亦奇。欲把西湖比西子，淡妆浓抹总相宜。

陆游《秋夜将晓出篱门迎凉有感》：

三万里河东入海，五千仞岳上摩天。遗民泪尽胡尘里，南望王师又一年。

这两首都是脍炙人口的诗，也曾经被选作大中学教材，譬如朱东润先生编的《中国历代文学作品选》中编第二册都曾选入。可是细心的读者一想，诗题和诗句对不上号，尤其是陆游那首。原来这两首诗，每题各两首，第一首先交代题目的叙事部分。苏轼的：

朝曦迎客宴重岗，晚雨留人入醉乡。此意自佳君不会，一杯当属水仙王(湖上有水仙王庙)。

陆游的：

迢迢天汉西南落，喔喔雄鸡一再鸣。壮志病来消欲尽，出门搔首怆平生。

读了这两首，才知道题目不是泛泛的。因此如果题不止一首，必须注意交代题目的部分。

## 一〇、短章促节　不主故常

### ——谈短篇诗词的结构

诗词的结构有常规，也有变格。长篇的结构总要强调开合擒纵，转换呼应；短篇也大体相似。有的篇幅虽短，但纵横变化，层出不穷，使人有目不暇接之感。如韩愈的一首《雉带箭》：

> 原头火烧静兀兀，野雉畏鹰出复没。将军欲以巧伏人，盘马弯弓惜不发。地形渐狭观者多，雉惊弓满劲箭加。冲人决起百馀尺。红翎白镞随倾斜。将军仰笑军吏贺，五色离披马前堕。

这首七古一共才十句，写了非常生动的射雉场面，有雉，有鹰，有观众军吏，有将军的盘马弯弓，一发中的。而写来纵横变化，第一句写打猎前的放火烧出猎物，第二句写野雉的惊恐神态，这给射者增加困难。三四两句忽然截断写将军的神态和心情。五句观者和合围的情况，六七八句写雉冲人而飞却被射中，这里特别用"红翎白镞"来绘形绘色，表现将军的技巧。后写将军的得意和军吏的欢呼。最后一句紧相呼应。苏东坡非常称赞这首诗，曾经用大字写出来。汪琬评说："短幅中有

龙跳虎卧之观。”查晚晴评说:“看其形容处,以留取势,以快取胜”(转引自《韩昌黎诗系年集释》卷一)

这是正常的精彩结构,首尾相应,如题而止。短的古诗里也还有特殊的结构。洪迈《容斋三笔》卷五《缚鸡行》条:老杜《缚鸡行》一篇云:“小奴缚鸡向市卖,鸡被缚急相喧争。家中厌鸡食虫蚁,不知鸡卖还遭烹。虫鸡于人何厚薄?吾叱奴儿解其缚。鸡虫得失无了时,注目寒江倚山阁。”此诗自是一段好议论,至结句之妙,非他人所能及也,予友李德远尝赋《东西船行》,全拟其意。举以相示云:“东船得风帆席高,千里瞬息轻鸿毛。西船见笑苦迟钝,汗流撑折百张篙。明日风翻波浪异,西笑东船却如此。东西相笑无已时,我但行藏任天理。”是时,德远诵一过,颇自喜。予曰:“语意绝工,几于得夺胎法,只恐行藏任理与注目寒江之句,似不可同日语。”德远以为知言。锐欲易之,终不能满意也。

洪迈这段话重点在欣赏老杜《缚鸡行》的结句含蓄不尽。联系全诗看,这首七古的结构非常奇特,前面七句专讲鸡虫,结尾忽然推开:“注目寒江倚山阁”,和前文好像不相干,但仔细想一想,这个动作却表现出作者对“鸡虫得失”的无可奈何而推之于天地江山之间。既是寄托,也启人思考,寒江山阁乃至宇宙之间,“细推物理”都有类似鸡虫得失之类的问题。这个平常的动作景物,联系上文却使人有无限苍茫之感。苏东坡有首《和刘道原咏史》的七律,结构很像《缚鸡行》:

一〇

仲尼忧世接舆狂，臧谷虽殊竟两亡。吴客谩陈《豪士赋》，桓侯初笑越人方。名高不朽终安用，日饮无何计亦良。独掩陈编吊兴废，窗前山雨夜浪浪。

前面六句，各谈史事（严格说指书上有记载的，包括寓言，并不一定是史实），一句一个内容，第一句第二句各有一组对照。到第七句用“陈编”把上面内容一收束，最后一句忽然结到读书时的环境，“窗前山雨夜浪浪”。这句写环境气氛，和前面七句的夹叙夹议，初看好像很不协调，但仔细一想，这个环境气氛和当时作者“独掩陈编吊兴废”起伏的思潮，又似乎有某种联系。这正是和《缚鸡行》“注目寒江倚山阁”的结尾异曲同工。

在词里也有类似的情况。词如果分上下片，一般是各有分工，或者一写景，一抒情，或者一过去，一现在。在上片的末尾或下片的开头有承上起下的一句话，使全词两片融为一体。如一般人都熟悉的辛弃疾的〔鹧鸪天〕：

壮岁旌旗拥万夫。锦襜突骑渡江初。燕兵夜捉银胡䩮，汉箭朝飞金仆姑。　　追往事，叹今吾。春风不染白髭须。却将万字《平戎策》，换得东家《种树书》。

上片写过去的英勇豪壮，下片开头用“追往事”一束，再用“叹今吾”引起下文，叹息今天壮志消磨，有力无处使的处境。像这样的结构是词的常规。而同样写

今昔对比的,陆游的〔诉衷情〕却和辛的〔鹧鸪天〕结构不同:

当年万里觅封侯。匹马戍凉州。关河梦断何处,尘暗旧貂裘。　　胡未灭,鬓先秋。泪空流。此生谁料,心在天山,身老沧洲。

这首词前两句写过去,三四两句已经落到今天。换头处顺流而下写今日,然后用"此生谁料"一提。最后用"心在天山"联系头两句,"身老沧洲"结到今天。这首词从第三句起,一气盘旋,都在写今天,但仔细一想,这些写今天的语句,又无一不和过去相关联。这是把过去和今天糅在一起,不像上举辛词那样界限分明。这在结构上在词里也可算变格。而更特殊的结构是辛弃疾的〔破阵子〕:

醉里挑灯看剑,梦回吹角连营。八百里分麾下炙,五十弦翻塞外声,沙场秋点兵。　　马作的卢飞快,弓如霹雳弦惊。了却君王天下事,赢得生前身后名。可怜白发生!

这首词前面尽量铺排豪情壮举,而最后只用"可怜白发生"一句收束,情绪一落千丈。这末句和上文作为鲜明对比,一以当九,在词中也是罕见的。这种结构,很可能受李白的启发:

越王勾践破吴归,义士还家尽锦衣。宫女如花满春殿,只今唯有鹧鸪飞。(《越中怀古》)

## 一〇

这首绝句前三句极写当日越王勾践的赫赫声威，而最后一句一落千丈，极写今天的荒凉冷落，形成鲜明的对比。同样是用鹧鸪来表现今日之冷落的，窦巩的《南游感兴》结构是这样的：

> 伤心欲问前朝事，惟见江流去不回。日暮东风春草绿，鹧鸪飞上越王台。

这首诗只就今天着眼，缺乏李白那样强烈对比的气势，就显得平板乏味。陈羽的《姑苏怀古》和李白的有些相近：

> 忆昔吴王争霸日，歌钟满地上高台。三千宫女看花处，人尽台崩花自开。

这首诗用“忆昔”二字领起，也是三句写过去的盛况，一句写今日的冷落，但他用“花”字贯串今古，和李白用鹧鸪和宫女的对比有些区别。从绝句的结构看，这种三比一的形式也是特殊的。一般绝句虽然只有四句，它却具备起承转合的完整结构，如贺知章的《咏柳》：

> 碧玉妆成一树高，万条垂下绿丝绦。不知细叶谁裁出，二月春风是剪刀。

第一句总写柳树的形态色彩，是起。第二句接写柳条低垂，是承第一句来的。第三句一问，对一二句说，从柳树、柳枝写到柳叶，但他用一个问句，转到“谁裁出”，这是转，为的唤起下文的结语，“二月春风是剪刀”，回答了三句的问题,结束全篇,这就是合。这是绝句结构的常规。在绝句的特殊结构中,除了前面举的三比一的方式外,更特殊的是四句分写四种东西,乍一看来,好像各不相干,如杜甫那首有名的《绝句》:

两个黄鹂鸣翠柳,一行白鹭上青天。窗含西岭千秋雪,门泊东吴万里船。

四句之间看不出起承转合的联系。第一句黄鹂鸣于翠柳之间,第二句白鹭飞向青天之上。第三句窗里望着西边雪岭的千秋积雪,第四句门前万里桥边泊着吴船。这四句好像各不相干,但细细咀嚼,前两句鹂鸣鹭飞,一派生机,自由自在。而三句自己终日兀坐,面对雪山,绝非故乡景色,四句眼看吴船,买棹无门,"即从巴峡穿巫峡,便下襄阳向洛阳"的还乡愿望,何时才能实现?四句中看似互不相关,却表现出一种思归不得的心情。作者的另一首五言《绝句》说:

江碧鸟逾白,山青花欲燃。今春看又过,何日是归年?

两首绝句都是表述思归之情,五言的直接表达,人们容易理解。七言的把意思含在景色之中,人们容易忽略。但从结构着眼,杜甫这首七言是奇特的。欧阳修《居士集》卷十二里有首题为《梦中作》:

夜凉吹笛千山月,路暗迷人百种花。棋罢不知人换世,酒阑无奈客思家。

## 一〇

这像是有意摹仿杜甫那首七绝的结构，四句各言一事中间若即若离，构成一种迷离惝恍的意境，在可解与不可解之间，所以题作《梦中作》，从结构说，在绝句中是罕见的。

结构是服务于内容的。白居易说："诗者，根情，苗言，华声，实义。"(《与元九书》)杜牧说："凡为文以意为主，以气为辅，以辞彩章句为之兵卫。"(《答庄充书》)都说明内容的重要。但内容必须借助一定的表达形式，遣词造句，谋篇布局就是结构问题。刘熙载《艺概·诗概》有两段对短篇结构的精辟论述：

> 伏应转接，夹叙夹议，开阖尽变，古诗之法，近体亦俱有之。惟古诗波澜较为壮阔耳。
>
> 绝句意法，无论先宽后紧，先紧后宽，总须首尾相衔，开阖尽变。至其妙用，惟在借端托寓而已。

古人认为大篇固然须全力以赴，写短章也要像"狮子搏兔，要用全力"，不可掉以轻心。而即使短章的结构，也不是千篇一律，而是根据表达内容的需要，不拘一格，不主故常。刘熙载所谓"律诗主意拿得定，则开阖变化，惟我所为"(《艺概·诗概》)，不但律诗如此，绝句和小令又何独不然？从作者说，结构的变化一定是为表达情意服务的。从读者说，研究一首诗词的结构变化，可以更好地探索作品的内容和作者的匠心，因此也要注意结构的常规和变格。

## 一一、注意整体　解剖局部

### ——聚讼问题例析

整体和局部是相对而言的，积字以成句，句是整体，字是局部；积句以成章，章是整体，句又成了局部；积章以成篇，篇是整体，章却成了局部；积篇以编集，篇又成为局部。整体又是由局部构成的，没有局部，也就失去整体。这点道理，是毋庸赘言了。理解欣赏诗词，也要注意局部和整体的关系。孤立地去争论一个词、一句诗究竟如何理解，常常各执一端，不易统一；但如果放到相对的整体中去理解，大多数都可取得一致意见。下面就诗词中常见的一些分歧，各举若干例子，以供隅反。

先说诗。崔颢的《黄鹤楼》中"晴川历历汉阳树"中的"晴川"，《大学语文》注"川指汉江"。程千帆先生《古诗今选》注："晴川，晴朗的平原。"如果孤立地看，川训河川或平原，都很习见。究竟该取那个义项，必须联系下面来解析。"晴川历历汉阳树，芳草萋萋鹦鹉洲。日暮乡关何处是？烟波江上使人愁。"如果把"晴川"理解为"汉江"，和结句"烟波江上"相犯，应该以"平原"的义项为优。

日暮苍山远，天寒白屋贫。柴门闻犬吠，风雪夜归人。

这是刘长卿《逢雪宿芙蓉山主人》的全文。中华书局本《唐人绝句选》注“夜归人即诗人自称”。如果联系诗题和全诗来看,这里就值得推敲了。前两句已经说明是借宿。天色将晚,前路还远,所以到人家借宿。正因为是天寒暮雪,所以投宿到贫家。“白屋贫”正写投宿之家。那知夜里犬吠,还有人冒雪方归。这是从他这个借宿者的眼中看出,如此夜雪方归,总为生活奔波劳苦,点足“贫”字。如果即指诗人自己,那末这个“归”和借宿怎么捏得拢呢?题目上也没有“夜”字。实际上前两句写借宿之因,后两句写借宿后所闻见。言外此家家道之贫寒而对自己借宿之诚意感人,自然可见。



陈沆《诗比兴笺》卷三高适《燕歌行》笺曰:

> 题序云:开元二十六年客有从御史大夫张公出塞云云,则非泛咏边塞也。《唐书》:张守珪为瓜州刺史,完修故城。版筑方立,虏奄至。众失色。守珪置酒城上,会饮作乐。虏疑有备,引去。守珪因纵兵击败之,故有“战士军前半死生,美人帐下犹歌舞”之句。然其时守珪尚未建节,此诗作于开元二十六年建节之时,或追咏其事,抑或刺其末年富贵骄逸不恤士卒之词,均未可定。要之,观其题序,断非无病之呻也。

“战士”二句是赞扬还是讽刺?只要联系全文特别是结

尾，结论是明显的。“身当恩遇常轻敌，力尽关山未解围。”“君不见，沙场征战苦，至今犹忆李将军。”李广的特点不但勇敢善战，而且与士卒同甘苦。“至今”句，不正是批评当今的将军吗？

岑参的《白雪歌》中有这么两句：“忽如一夜春风来，千树万树梨花开。”不少注本或赏析之类的文章，都大力宣扬这两句写的奇丽风光。北京出版社的《唐诗选注》对这首的说明：

> 这首送别诗作于封常清幕中。它跳出了离愁别恨的俗套。主要描写西域地区的奇异景色，其中“忽如一夜春风来，千树万树梨花开”，“风掣红旗冻不翻”，都是被人们传颂（当为诵，引者注）的名句。结句意境悠远，耐人回味。

如果我们联系全诗来看：“北风卷地白草折，胡天八月即飞雪。忽如一夜春风来，千树万树梨花开。”这一起两句是欣赏还是埋怨这儿的气候远异中原？恐怕谁也得不出欣赏“奇异景色”的结论。八月中原是秋天最好的时光，“胡天”却北风卷地，大雪纷飞，此情此景更引人对中原的怀念。梨花两句，是借表面的春景写塞外的荒寒。“春风不度玉门关”，塞外见不着梨花，没有春风，所以乍见满树缀雪，惊为梨花盛开。用“忽如一夜春风来”正表现平时不见春风。怎么能说没有“离愁别恨”呢？这奇丽的景色正寄托着深刻怀乡之情。中间如“瀚海阑干百丈冰,愁云惨淡万里凝”,情绪不是很清楚吗?

结尾“山回路转不见君,雪上空留马行处”,一往情深,既有对武判官的旅途关切,又有对武能归京的艳羡之情。唐人一方面向往功业,驰驱边塞,一方面又触景生情,怀念故土。岑参也不例外,譬如《玉关寄长安主簿》:

> 东去长安万里馀,故人何惜一行书!玉关西望肠堪断,况复明朝是岁除!

思乡之情,不是溢于言表吗?正可以合参。

> 晚岁迫偷生,还家少欢趣。娇儿不离膝,畏我复却去。



杜甫《羌村三首》是大家传诵的名篇。这里引的后两句有两种不同的解释:一认为娇儿不肯离开膝前,怕我再离开家;一认为过去不肯离开膝前的娇儿,现在却见我感到害怕而走开了。持后说的人,认为这正是“还家少欢趣”的原因。持前说的,认为深一层想,这点大的孩子已经感到离别的辛酸,不让我走,大人心里该是什么滋味,所以才“少欢趣”。究竟如何理解?《羌村》和《北征》作于同一时期。《北征》说:

> 平生所娇儿,颜色白胜雪。见爷背面啼,垢腻脚不袜。

## 二

我想把这几句和《羌村》那几句合起来看，大概意见就可以一致了。

> 朝辞白帝彩云间，千里江陵一日还。两岸猿声啼不住，轻舟已过万重山。（李白《朝发白帝城》）

这首被王渔洋推为盛唐绝句四首压卷之一的名篇，有人说是从气势看，应是年轻时作品，因为年轻时李白是由三峡出川的。也有人反对，认为这是晚年长流夜郎遇赦放归时的欢快之作。我是赞成后说的。因为如果说是年轻出峡之作，那末“还”字就没着落。还可以拿《上三峡》（王琦注本卷二十二）对照：

> 巫山夹青天，巴水流若兹。巴水忽可尽，青天无到时。三朝上黄牛，三暮行太迟。三朝又三暮，不觉鬓成丝。

这里被流放上峡的凄楚情怀，正好和闻赦放归的欢快情绪相对照。读了《上三峡》，就更易理解《早发白帝城》的精彩。

杜甫的《石壕吏》中老妇人有几句搪塞的话：

> 老妪力虽衰，请从吏夜归。急应河阳役，犹得备晨炊。

在大谈思想性时，有人举此为例，说明老妇人见义勇为、为国献身的爱国行动。看了真叫人哭笑不得。既然爱国第一，为什么要让“老翁逾墙走”呢？又为什么不说还有老翁呢？老妇人做梦也没想到自己被抓（“妇人在军中，兵气恐不扬”，年轻妇女都不能随军），不过用几句话想把“捉人”之吏打发走罢了，哪里扯得到爱国主义上去？

在讨论《孔雀东南飞》兰芝之死因时，几乎一片声责备死于“三从四德”的礼教。但是如果反问一声：女子“在家从父，既嫁从夫，夫死从子”的“三从”，兰芝的妈妈是听儿子的话，但兰芝的婆婆却偏偏不管儿子的苦苦哀求。这场悲剧，怎么能归罪于“三从”呢？我并不是要为“三从四德”辩护，也不打算探讨兰芝悲剧的根本原因，但是一种说法总不能顾头不顾尾。春秋士大夫赋《诗》大多断章取义，根据这个传统，《红旗》杂志引用刘禹锡的“沉舟侧畔千帆过，病树前头万木春”，说资本主义是“沉舟”、“病树”。写文章是可以的。但也有些人就大谈刘禹锡这首诗表现出积极向上精神，如何如何。不妨把《酬乐天扬州初逢席上见赠》抄在下面：

> 巴山楚水凄凉地，二十三年弃置身。怀旧空吟闻笛赋，到乡翻似烂柯人。沉舟侧畔千帆过，病树前头万木春。今日听君歌一曲，暂凭杯酒长精神。

这里“沉舟”“病树”用以自比，整个调子是低沉的，和“种桃道士归何处，前度刘郎今又来”的兀傲之气,不可同日而语。作文引用不妨断章取义,但理解局部决不能不顾整体。

再举若干词为例。

白居易〔忆江南〕:“日出江花红似火,春来江水绿如蓝。”中学课本曾注解:“江花”:“太阳从波光鳞鳞的江中升起,江水把它映衬得比火还要红艳。”但多数的注本认为指江边的春花。如果取“浪花”的解释,那末和下句的“江水”同说一事,稍有忌合掌常识的人,大概不会取“浪花”这种“新奇”之说的吧!

柳永的〔望海潮〕“有三秋桂子,十里荷花”,有一本《唐宋词选》,注说:“‘三秋’指阴历九月。桂子,桂花。”(人民文学出版社 1981 年版,111 页)“桂子”指“桂花”,那末和“荷花”合掌。桂花是八月开的,三秋指阴历九月,也捏不拢。实际桂子就是桂树的种子。白居易〔忆江南〕:

> 江南忆,最忆是杭州。山寺月中寻桂子,郡亭枕上看潮头。何日更重游?

柳永正是用的白词,白是根据神话传说,灵隐寺时常能找到月里桂树飘下的种子。柳永八字,一句讲时令,一句讲范围,一句秋天神话传说,一句夏日即目美景。一解成“桂花”,意味全失。

> 几日行云何处去?忘却归来,不道春将暮。百草千花寒食路,香车系在谁家树? 泪眼倚

楼频独语，双燕来时，陌上相逢否？撩乱春愁如柳絮，悠悠(依依)梦里无寻处。

这首调名〔鹊踏枝〕、〔凤栖梧〕，通称〔蝶恋花〕，冯延巳或欧阳修作。这末句前引的选本注：悠悠形容梦长。悠悠一作依依。以上两句说，春愁撩乱如漫天飞舞的柳絮，就是在梦里相寻，也难以找得到他。(同上，59页)

这里采用“悠悠形容梦长”的说法，怎么能和全词思妇之情一致呢？“愁多知夜长”，因为怀人而睡不安稳，而梦长必然要睡得踏实。不妨引岑参《春梦》来作旁证：

洞房昨夜春风起，遥忆美人湘江水。枕上片时春梦中，行尽江南数千里。

“悠悠形容梦长”就冲淡了全词的愁绪，不如“依依”义长。

李煜的〔浪淘沙〕“无限江山”，有注说：“无限江山，指原属南唐的大好河山。一说指为无限江山所阻隔。”(同上，71页)

这下面一句“别时容易见时难”，别和见的对象只能是上句的“无限江山”，正因为如此，所以才“独自莫凭栏”。凭栏就想要见到旧国“无限江山”，引起亡国之恸。本来文从字顺、何必横出个“阻隔”之说，把上下文都隔断了。

二

往事只堪哀，对景难排、秋风庭院藓侵阶。一桁珠帘闲不卷，终日谁来。　　金锁(剑)已沉埋，壮气蒿莱。晚凉天净月华开。想得玉楼瑶殿影，空照秦淮。

那本《词选》对换头处注说:“金锁:铁锁链。壮气蒿莱:意谓王气告终。壮气即王气，古时有迷信思想的人所说的一种表明帝王气数的神秘征候。蒿莱，野草。这里用作动词，即掩没于野草。以上两句是借用《晋书·王濬传》三国时吴国以铁锁链横断长江，抵抗西晋水军，结果仍失败灭亡的典故，哀叹南唐兵败国亡。意同刘禹锡《西塞山怀古》诗:‘千寻铁锁沉江底’、‘金陵王气黯然收’。金锁一作‘金剑’。”(同上，69页)

把“壮气”讲成“王气”，已属离奇，整个的解释也扞格难通，“铁锁横江”时的东吴，已经是无可奈何的下策，还谈到什么“壮气”呢？我认为应作“金剑”。《墨子·公孟》说:“昔者齐桓公，高冠博带、金剑木盾以治其国，其国治。”

李煜用这个典故表明当时治国的理想已经幻灭，象征国主的权力的“金剑已沉埋”，当年的“壮气”也已沦于蒿莱之中，表达出深沉的亡国之恸，还隐含着难言的追悔之情。“金锁”怎么能解为“横江铁锁”呢？“千寻铁锁沉江底”，那个“埋”字又失去作用变成趁韵了，而丰城狱的剑气，正是宝剑可以用“埋”的根据，延津化龙又是剑沉的典实。通观全诗,只有作“金剑”才能顺乎情理。

> 常记溪亭日暮,沉醉不知归路。兴尽晚回舟,误入藕花深处。争渡,争渡,惊起一滩鸥鹭。

那本《词选》注:“争渡,有夺路而归之意。”(同上,228页)

首先应该领会李清照写的这首即景的小词,是写一种晚归的闲适自在的情趣。“争”就是“怎”字,两个短句应是“争渡?争渡?”才和上文“误入藕花深处”相应。因为误入到藕花深处,才发出如何归去的问话,表现停舟寻路的情景。上面已经有“误入”字样,试问还没弄清楚路怎么错的,如何就能莽撞地“夺路而归”?

> 落日塞尘起,胡骑猎清秋。汉家组练十万,列舰耸层楼。谁道投鞭飞渡?忆昔鸣髇血污,风雨佛狸愁。季子正年少,匹马黑貂裘。　今老矣,搔白首,过扬州。倦游欲去江上,手种橘千头。二客东南名胜,万卷诗书事业,尝试与君谋:莫射南山虎,直觅富平(民)侯。

这末两句,那本书注说:“莫射南山虎:意谓目前可不要再习武了。《史记·李将军列传》载,李广曾屏居蓝田南山中射猎,‘广所居郡闻有虎,尝自射之’。直觅,但求。富平侯:《汉书·张汤传》载,汉元帝时,张放幼

二

袭富平侯，得到皇帝宠信，斗鸡走马，骄奢淫逸，无恶不作。元帝与他一起在外游乐，自称富平侯家人。富平侯，一作'富民侯'。以上两句讽喻南宋统治者不重视有才能的军事将领，只重用那些谄媚皇帝的人。作者说的是气话，反映了他的不满"。（同上，317页）

这段话是气话，但用富平侯，和上文毫无干系。李商隐《富平少侯》："七国三边未到忧，十三身袭富平侯……当关不报侵晨客，新得佳人字莫愁。"那是讥讽勋戚子弟的骄奢淫逸的。辛稼轩上句"尝试与君谋"是和二客共同商量立身处世之道。上文已有"倦游欲去江上，手种橘千头"的计划，暗用李衡千头木奴的典故，这里结尾作"直觅富民侯"，和种橘呼应。借用田千秋封富民侯的字面发牢骚，认为建功立业讲武灭敌的愿望不可能实现了，不如安排好自己的生活做个富翁吧！这和他在〔鹧鸪天〕里说的"却将万字平戎策，换得东家种树书"的牢骚话同一格调。当"富平侯"来理解，和上文毫不相干，可谓"差之毫厘，缪以千里"了。

郁孤台下清江水，中间多少行人泪！西北望长安，可怜无数山。　　青山遮不住，毕竟东流去。江晚正愁予，山深闻鹧鸪。（辛弃疾《菩萨蛮》）

这首词，中学生都能背诵。但这末句"山深闻鹧鸪"到底是什么意思，却很不易弄透彻。罗大经《鹤林玉露》卷一提出“闻鹧鸪之句,谓恢复之事行不得也”,后来很多注本都据此发挥。《南京大学学报》1980 年第三期《辛弃疾〔菩萨蛮〕词新解》根据汉杨孚《异物志》记载:“鹧鸪其志怀南,不思北;其鸣呼飞,但南不北。”最后得出这样的论断:“鹧鸪‘其志怀南’的形象,正是辛弃疾从北方沦陷区投奔南宋最生动最贴切的自我写照,它是正面形象,是作者自比。我对最后两句的理解是:天色已晚,诗人在江边正为国事担忧的时候,忽然从深山中传来鹧鸪‘但南不北’的叫声,使诗人立刻想起了这种鸟儿‘其志怀南’的可爱形象。他感到即使自己的恢复大计尚未实现,但也定要像鹧鸪一样留在南方,决不能北去向金兵投降。于是他更坚定了忠于南宋的心意,当初南归报国的志向永远不变。”

作者驳斥罗大经的说法,指出鸣声是“但南不北”,这一点我认为是对的。但最后这段归纳,却不敢苟同。辛弃疾此词上半阕明说“西北望长安”,表明志在北伐,这种愿望到晚年“何处望神州?满眼风光北固楼”(〔南乡子〕),“凭谁问,廉颇老矣,尚能饭否”(〔永遇乐〕),随处可见。怎么能萌出“决不能北去向金兵投降”的念头呢?从本篇看,“但南不北”的鸣声,应是引起诗人对南宋畏敌如虎不敢研究北伐的怯懦行径的联想,所以更加重上句“江晚正愁予”的愁绪。这样,全词的沉郁情绪达到饱和。

## 二

例子就举这一些，我的每个论断未必都符合诗人的原意。但我想，解析局部必须注意整体，有时需要反复验证，才能理解透一些。这个总的论点，可否成立，请广大读者指教。

## 一二、刚柔互济　相反相成

### ——含蓄与痛快

张表臣《珊瑚钩诗话》卷一说："篇章以含蓄天成为上，破碎雕锼为下。如杨大年西昆体，非不佳也，而弄斤操斧太甚，所谓'七日而混沌死'也。"读此，联想到欧阳修、王安石的故事。

《说郛》（商务百卷本，下同）卷三十二元人《抚掌录·作犯徒以上罪诗》说：

> 欧阳公与人行令，各作诗两句，须犯徒以上罪者。一云："持刀哄寡妇，下海劫人船。"一云："月黑杀人夜，风高放火天。"欧云："酒粘衫袖湿，花压帽檐偏。"或问之，答云："当此时，徒以上亦做了。"

这虽是笑谈，但却反映出诗贵含蓄的道理。那两人的说法太露骨了，而欧阳修却把酒色之徒的醉态写出来，让人想象得之，猛一看这两句和"犯徒以上罪"毫不相干，经欧阳修一回答，读者才恍然大悟，这就留给读者充分的想象馀地，这就是"含不尽之意见于言外"的含蓄之妙。《高斋诗话》说：

> 荆公《题金陵此君亭诗》云："谁怜直节生来

瘦，自许高才老更刚。”宾客每对公称颂此句，公辄颦蹙不乐。晚年与平甫坐亭上，视诗牌曰：“少时作此题榜，一传不可追改，大抵少年题诗，可以为戒。”平甫曰：“此扬子云所以悔其少作也。”(《苕溪渔隐丛话前集》卷三十四)

王荆公少以意气自许，故诗语惟其所向，不复更为含蓄。如“天下苍生待霖雨，不知龙向此中蟠”，又“浓绿万枝红一点，动人春色不须多”，又“平治险秽非无力，润泽焦枯是有材”之类，皆直道其胸中事。后为群牧判官，从宋次道尽假唐人诗集，博观而约取，晚年始尽深婉不迫之趣。乃知文字虽工拙有定限，然亦必视初壮；虽此公，方其未至时，亦不能力强而遽至也。(《石林诗话》卷中)



《诗人玉屑》卷十专论“含蓄”，分成“尚意”、“句含蓄意含蓄”，然后专讲“子美含蓄”和“元微之诗”，归结为“语意有无穷之味”，对初学很有启发。在“尚意”里说：

诗文要含蓄不露，便是好处。古人说雄深雅健，此便是含蓄不露也。用意十分，下语三分，可几风雅；下语六分，可追李杜；下语十分，晚唐之作也。用意要精深，下语要平易，此诗人之难。

在“语意有无穷之味”里又说：

《长恨歌》、《上阳人歌》、《连昌宫词》，道开元、天宝禁事最为深切。然微之有《行宫》绝句云："寥落古行宫，宫花寂寞红。白头宫女在，闲坐说玄宗。"语少意足，有无穷之味。

这一节正好作为上面"下语三分"、"下语六分"的补充说明。要做到含蓄，我觉得常见的有几种情况，分别例述如下：

一、要不说尽，使人从多种角度考虑。即以元稹这四句小诗为例，妙在"闲坐说玄宗"五字，究竟说什么呢？是昔日繁华和晚境的凄凉？是宠爱杨贵妃、安禄山而几亡社稷？是梅妃、杨妃的各种轶事？是张后、李辅国对玄宗末年的幽禁？是行宫的盛衰历史？任读者们去猜测。古诗中也有这种情况，如杜甫的《垂老别》写老翁之愤而舍家，千回百折。中间忽然插入"忆昔少壮日，迟回竟长叹"，他究竟回忆些什么，长叹些什么，作者也没有说明，令人想象。至于像前人屡次称道的"勋业频看镜，行藏独倚楼"等，也都妙在不说尽。

二、要融情于景，从景物中反映人的感受。晚唐诗的毛病之一是什么都说透了，如杜荀鹤的"桑柘废来犹纳税，田园荒尽尚征苗"之类。当时人戏评杜荀鹤的诗说："杜诗三百首，尽在一联中。""风暖鸟声碎，日高花影重。"这是杜荀鹤《春闺怨》中的两句。他只写春天庭院里的秾丽繁缛，细碎的鸟语，重叠的花朵，而主人公的孤寂之感，自在言外。刘禹锡"行到中庭数花朵，蜻蜓飞上玉搔头"，可能是杜荀鹤的先导。欧阳修、梅圣俞盛赞温庭筠的《商山早行》“鸡声茅店月，人迹板桥霜”，所谓“状难写之景如在目前，含不尽之意见于言外”，最常见的方式就是着力写景而情在其中。

三、寓哲理于景于事之中，不必说出。如人所熟知的事，白居易呈诗卷给顾况，顾况看到白的名字就开玩笑说：“长安米珠薪桂，居大不易。”等到打开诗卷，看到“野火烧不尽，春风吹又生”两句，马上佩服说：“道得个语，居亦何难？老夫前言戏之耳。”这两句诗为什么使老诗人顾况如此心折呢？因为题目是《赋得古原草送别》，这两句确实说的是野草的特点，但它使人体会到一片生机，不可阻挡，更无法消灭。读了它想起了人生的奋斗哲学。可字面上它确说的野草，不像本文篇首所举王安石“谁怜直节生来瘦，自许高材老更刚”说得那样露骨。同样的例子如朱斌《登楼》“欲穷千里目，更上一层楼”，杜甫《春夜喜雨》“随风潜入夜，润物细无声”等等，都是前人所称赞的有“理趣”而不落“理障”。



四、以有形无，写出见到的，使人想到未见的。司马光说：

> 古人为诗，贵于意在言外，使人思而得之，故言之者无罪，闻之者足以戒也。近世诗人惟杜子美最得诗人之体。如：“国破山河在，城春草木深。感时花溅泪，恨别鸟惊心。”山河在，明无馀物矣；草木深，明无人矣。花鸟，平时可娱之物，见之而泣，闻之而悲，则时可知矣。他皆类此，不可遍举。

(《续诗话》)

司马光对《春望》的分析是有道理的,诗人为了表现时世的感慨,他不直接写破坏了的东西,而只写存在的,言外都不存在了。刘禹锡《金陵五题·石头城》:“山围故国周遭在,潮打空城寂寞回。淮水东边旧时月,夜深还过女墙来。”也同于“国破山河在”的表现法,而使白居易佩服得五体投地。

《翰府名谈》里评论赞美刺史、县令的诗:

> 刺史、县令故事尤多。士子以诗投献,难得佳句。方谔有《上广州太守》诗曰:“鳄去恶溪韩吏部,珠还合浦孟尝君。”虽善用故事,议者未许。赠邑令诗云:“琴弹永日得古意,印锁经秋生藓痕。”句虽佳,但印上不是生藓处。不若“雨后有人耕绿野,月明无犬吠花村”,思清句雅,又见令之教化仁爱,民乐于丰年之耕耨,且无盗贼之警,不见治术之迹。(《诗话总龟前集》卷五)

这后两句诗,妙在写出的东西是为了表现未写的意思。比直接用刺史、县令的典故来表达要含蓄形象得多。

五、对于政治形势等无法说明的内容,往往只谈景物或空言愁恨,让读者联系作者的处境去探索。如李商隐的“夕阳无限好,只是近黄昏”,这里表现出对唐室没落的无限感触,却只能寄于夕阳。辛弃疾〔摸鱼儿〕的结尾:“闲愁最苦。休去倚危栏,斜阳正在,烟柳断肠处。”这几句词,表面上只是写斜阳烟柳,但宋孝宗见到了很不高兴,不过没有加罪于辛弃疾,就因为辛在字面只写闲愁,骨子里却感慨南宋小朝庭的形势。南唐中主李璟有首〔浣溪沙〕:

手卷真珠上玉钩,依前春恨锁重楼。风里落花谁是主?思悠悠。　　青鸟不传云外信,丁香空结雨中愁。回首绿波三楚暮,接天流。

詹安泰《李璟李煜词》说:“细看这词,在深长愁恨中表露出彷徨无措的心情,又对着江天致其无穷的依恋,当非一般的对景抒情之作,可能是李璟当南唐受周威胁得很厉害的时候借这样的小词来寄托自己的遭遇和怀抱的。”这个说法,正表现出含而不露的特色。到了南宋亡国之后,一些词人写的咏物、伤春之类的词来寄托亡国的哀思,也是含而不露,所写的是景物,所感的却是家国,如张炎〔高阳台〕:

接叶巢莺,平波卷絮,断桥斜日归船。能几番游,看花又是明年。东风且伴蔷薇住,到蔷薇,春已堪怜。更凄然。万绿西泠,一抹荒烟。　　当年燕子知何处,但苔深韦曲,草暗斜川。见说新愁,如今也到鸥边。无心再续笙歌梦,掩重门,浅醉闲眠。莫开帘。怕见飞花,怕听啼鹃。

这首词作者自己加个题目叫《西湖春感》,但联系

三

他的生平来考察，这里要表达的正是难言的亡国之哀痛。

六、由于长期封建统治的影响，像屈原那样“怨灵修之浩荡”，“荃不察予之中情”式地直接指斥君主的方式不见了，而代之以“臣罪当诛兮天王圣明”式的自责。透过表面的词句间的矛盾，可以领会作者自明无辜的内心。我们可举苏轼为例，他因为作诗被告逮到御史台的监狱里，他和儿子约好，如果要判死罪处决，就在饭里送鱼鲊，平安没事就送别的菜。有天儿子有事托别人代送牢饭，忘记交代这个暗号。那家正好弄到鱼，就做了鱼鲊送去，苏轼以为没命了，写了两首诗请狱卒梁成交给弟弟苏辙，这是苏轼诗里叫人不忍卒读的：

> 圣主如天万物春，小臣愚暗自亡身。百年未满先偿债，十口无归更累人。是处青山可埋骨，他年夜雨独伤神。与君世世为兄弟，又结来生未了因。
>
> 柏台霜气夜凄凄，风动琅珰月向低。梦绕云山心似鹿，魂飞汤火命如鸡。眼中犀角真吾子，身后牛衣愧老妻。百岁神游定何处，桐乡知葬浙江西。

他自己在诗后注说：“狱中闻杭、湖间民为余作解厄道场者累月，故有此句。”试想他被逮到监狱，地方的百姓却为他祈祷，做佛事做了一个多月，这表现人民对他的爱戴到了何等程度，所以他知道死了以后，一定以浙西为归宿。这和第一首“小臣愚暗自亡身”怎么能一致？愚暗的人，临民能有这样的遗爱于民吗？作者正是透过这种矛盾倾诉自己的冤枉，这可算是一种特殊的含蓄的表白。

含蓄是诗词中时常表现的美，但不是说所有诗词只有含蓄才称得上是美，相反，在作者的感情异常激动而又无所顾忌的情况下，喷薄而出，像长江大河那样一泻千里，那也是好诗，是以痛快见长的。不妨举几首诗词。杜甫流落四川，忽然听到安史馀党已经削平，写了一首有名的《闻官军收河南河北》七律：

> 剑外忽传收蓟北，初闻涕泪满衣裳。却看妻子愁何在，漫卷诗书喜欲狂。白日放歌须纵酒，青春作伴好还乡。即从巴峡穿巫峡，便下襄阳向洛阳。



这首诗一气呵成，欢快之情，表露无遗。特别是结尾，好像立即水陆兼程，直到襄阳田宅，它把“喜欲狂”表现得淋漓尽致。这是用眼泪来表达欢快，而欢快之中又有过去的无限酸辛。南宋的胡铨上封事请斩秦桧、王伦，震动朝廷，四年之后被贬管新州。行前平时亲旧都不敢与之来往，老诗人王庭珪却特地写了两首七律痛快地歌颂胡铨，矛头直指权臣，也是直抒胸臆，一往无前，使人感到“字向纸上皆轩昂”，得到未有的痛快。诗曰：

> 囊封初上九重关，是日清都虎豹闲，百辟动容观奏牍，几人回首愧朝班。名高北斗星辰上，身堕南洲瘴海间。不待他年公议出，汉廷行诏贾生还。

## 三

大厦元非一木支，要凭独力拄倾危。痴儿不了公家事，男子要为天下奇。当日奸谀皆胆落，平生忠义只心知。端能饱吃新州饭，在处江山足护持。

胡铨是铁骨铮铮的硬汉，编管新州，未能把他怎样，于是秦桧的走狗又把他充军到海南岛。唐代即使像李德裕那样的名相，贬到崖州，也就忧愁忿懑死于贬所。一般人听到这样的消息都将愁闷不堪，而胡铨有首《雷州和朱彧秀才时欲渡海》诗却充满豪情：

何人着眼觑征骖，赖有新诗作指南。螺髻层层明晚照，蜃楼隐隐倚晴岚。仲连蹈海徒虚语，鲁叟乘桴亦谩谈。争似澹庵乘兴往，银山千叠酒微酣！

这首诗也是以气势充沛痛快淋漓取胜。再如〔满江红〕：

怒发冲冠，凭栏处潇潇雨歇。抬望眼，仰天长啸，壮怀激烈。三十功名尘与土，八千里路云和月。莫等闲，白了少年头，空悲切。　　靖康耻，犹未雪。臣子恨，何时灭。驾长车踏破贺兰山缺。壮志饥餐胡虏肉，笑谈渴饮匈奴血。待从头收拾旧山河，朝天阙。

这也是直书胸臆，满腔忠愤，喷薄而出，也是以痛快见长。

含蓄和痛快是两种风格，借用姚鼐的话说，含蓄可以说是阴柔之美，而痛快就是阳刚之美。大体上说，以痛快见称的诗篇,多半是骨鲠在喉,不吐不快,其人为忠臣义士,愠于群小,忍无可忍,发而为诗词,像一腔热血,喷洒纸上,使百世后读之,也为之怒发冲冠,或扼腕浩叹。另外则是极度兴奋下的感情迸发,如杜甫的《闻官军收河南河北》等。

“一阴一阳之谓道”,有得于阴柔之美者,也未尝没有阳刚之气,有得于阳刚之美者,也有阴柔之处。在诗词中讲究沉着痛快,我的想法就是在含蓄中有痛快,在痛快之处又含蓄。如前引老杜“勋业频看镜,行藏独倚楼”之联。拿词来看,譬如辛弃疾的〔水龙吟〕《登建康赏心亭》:

> 楚天千里清秋,水随天去秋无际。遥岑远目,献愁供恨,玉簪螺髻。落日楼头,断鸿声里,江南游子。把吴钩看了,阑干拍遍。无人会,登临意。
>
> 休说鲈鱼堪脍,尽西风,季鹰归未?求田问舍,怕应羞见刘郎才气。可惜流年,忧愁风雨,树犹如此!倩何人唤取,红巾翠袖,揾英雄泪。



这首词也看出辛弃疾的满腔义愤,特别是上半阕“落日楼头”到“阑干拍遍”,像是痛快淋漓,但却用“无人会,登临意”把它束住。下半阕是发挥“登临意”的,他却连续使用张翰、刘备、桓温三个人的典故曲折地把这层意思暗地传出,不像〔满江红〕那样尽情倾诉。这是痛快中有含蓄。再如吴文英〔八声甘州〕《灵岩陪庾

三

幕诸公游》:

渺空烟四远,是何年,青天坠长星?幻苍崖云树,名娃金屋,残霸宫城。箭径酸风射眼,腻水染花腥。时靸双鸳响,廊叶秋声。　　宫里吴王沉醉,倩五湖倦客,独钓醒醒。问苍天无语,华发奈山青!水涵空,阑干高处,送乱鸦斜日落渔汀。连呼酒,上琴台去,秋与云平。

这首词也可以算是沉着痛快之作,兼有痛快和含蓄的长处。它先借用灵岩的故事,一气盘旋,写了吴夫差的兴亡,而今日的秋声和当年的响屧廊若即若离。“宫里吴王沉醉”直指夫差,但读的人谁也知道这是为时事而发。这一大段的指斥是痛快淋漓,但“问苍天无语”以下,作者忽然满引不发,转而以写景叙事来寄托一腔难言之隐,这也是非常含蓄。在南宋词人中感时伤世之作,往往以景来作结,这是痛快处不忘含蓄的常见方式。恰当地将痛快与含蓄结合起来,往往更能激发读者的情感,我们在欣赏诗词中不该忽略这一点。

## 一三、融会前作　翻出新意

### ——承袭与变化

一切文学作品，都以独创为贵，这是人们公认的。韩愈在《南阳樊绍述墓志铭》里称赞樊宗师著作之富，"然而必出于己，不袭蹈前人一言一句，又何其难也"。在铭辞中，韩愈又批评当世说："惟古于词必己出，降而不能乃剽贼，后皆指前公相袭，从汉迄今用一律。"所以他自己作文"惟陈言之务去"，他能被后人尊为"文起八代之衰"，和这种主张独创的精神是分不开的。

但是过分强调这一点，也未免有片面性。一切文学作品都有继承和发展的问题，尤其是以抒情为主的诗词。人的许多感情是共同的，比如亲友间的离情别绪，君臣间的忧谗畏讥，人生的飘忽无常，年华已过，壮志未酬等的感慨。这些在古典诗词中是屡见不鲜的，同抒一样的感情，就难免立意措词等的相似。善于继承前人的成就，会提高抒情的效果；弄得不好，也免不了剽窃之嫌。皎然《诗式》里曾经指出三种情况。一种是"偷语"："如陈后主《入隋侍宴应诏诗》'日月光天德'，取傅长虞《赠何劭王济诗》'日月光太清'，上三字同，下二字义同。"他认为"偷语最为钝贼……无处逃刑"。第二种是“偷意”:“如沈佺期《酬苏味道诗》‘小池残暑退,高树早凉归’,取柳恽《从武帝登景阳楼》‘太液沧波起,长杨高树秋’。”他认为这种人:“事虽可罔,情不可原。若欲一例平反,诗教何设?”第三种是“偷势”:“如王昌龄《独游诗》‘手携双鲤鱼,目送千里雁。悟彼飞有适,嗟此罹忧患’,取嵇康《送秀才入军诗》‘目送归鸿,手挥五弦。俯仰自得,游心泰玄’。”他认为这种是:“才巧意情,若无朕迹。盖诗人偷狐白裘于阃域中之手。吾示赏俊,从其漏网。”

皎然这里讲的“偷势”,可能指艺术构思上的借鉴;所谓“偷意”,可能指表现手法上的承袭。这两者的界限有时并不易划清,而“偷语”则是近于剽掠,和那两者可以戛然分开。我所说的承袭,大体上是“意”“势”方面的继承学习问题,在诗词中是经常出现的,只要能有所变化,虽然承袭了某些方面,无碍其为好作品。不妨举些例子来分析一下。

中国诗词的源头出于《诗经》和《楚辞》,如果从大的方面讲,赋比兴的手法无所不包。香草美人等的广泛设喻,矢志不渝的慷慨陈辞和缠绵悱恻的眷恋情怀,又是《离骚》在抒情上的主要特色。后世诗词大体上没有越出《诗》、《骚》的范围。钟嵘在评论《古诗》时说“其源出于《国风》”,说李陵诗“其源出于《楚辞》”,大约也是这样认识的。我们不妨把范围缩小些来考察前人的承袭与变化。

《离骚》里说:“唯草木之零落兮,恐美人之迟暮。”这

两句开后世无限法门。《古诗十九首》“伤彼蕙兰花,含英扬光辉。过时而不采,将随秋草萎。”陈子昂的《感遇诗》第二首说:

兰若生春夏,芊蔚何青青。幽独空林色,朱蕤冒紫茎。迟迟白日晚,嫋嫋秋风生。岁华尽摇落,芳意竟何成!

承袭的痕迹不是很显然吗?但它又加以发展充实,不愧是一首寄兴深微的好诗。

古诗有“客行虽云乐,不如早旋归”的句子。王粲《登楼赋》说:“虽信美而非吾土兮,曾何足以少留。”后来作客他乡或送人都有类似的说法。李白“锦城虽云乐,不如早还家”(《蜀道难》),杜甫“成都万事好,岂若归吾庐!”(《五盘》),戎昱的《湖南春日》说:“三湘漂寓若流萍,万里江乡隔洞庭。羁客春来心欲碎,东风莫遣柳条青。”仍然是前面说的意思,但是多一层曲折,就给人以新鲜之感。李商隐的《夕阳楼》:“花明柳暗绕天愁,上尽重城更上楼。欲问孤鸿向何处,不知身世自悠悠。”这仍是《登楼赋》的思想,但比戎昱的更为沉重。韦庄的〔菩萨蛮〕因为避乱江南,所以又把这个意思翻进一层:

人人尽说江南好,游人只合江南老。春水碧于天,画船听雨眠。　　炉边人似月,皓腕凝霜雪。未老莫还乡,还乡须断肠。

从上面几个例子看，承袭必须有变化，变化在从简到繁，从浑融到细腻。

以水喻愁，也是诗词中常见的。徐幹《室思》说："思君如流水，无有穷已时。"朴素地表达这种思念。李颀"倏忽令人老，相思河水流"，"请量东海水，看取浅深愁"，李白"一水牵愁万里长"，刘禹锡"花红易衰似郎意，水流无限似侬愁"，鱼玄机"忆君情似西江水，日夜东流无歇时"。到了李后主的〔虞美人〕，也是承袭这种比况，但用一句唤起、一句回答的方式，就显得更为生动，"问君能有几多愁，恰似一江春水向东流"。

以水寄泪以喻相思之苦，如孟浩然《宿桐江寄广陵旧游》"还将两行泪，遥寄海西头"，李白《秋浦歌》"遥传一掬泪，为我达扬州"，岑参《九日怀故园》"凭添两行泪，寄向故园流"，杜甫《所思》"故凭锦水将双泪，好过瞿塘滟滪堆"，晁元忠《西归诗》："安得龙山潮，驾回安河水；水从楼前来，中有美人泪。"韩子苍《为葛亚卿作》："君住江滨起画楼，妾居海角送潮头。潮中有妾相思泪，流到楼前更不流。"这比盛唐诸公的用法要细腻得多。李之仪〔卜算子〕也是用这种方式而更为委婉曲折：

> 我住长江头，君住长江尾。日日思君不见君，共饮长江水。　　此水几时休？此恨何时已？只愿君心似我心。定不负相思意。

一三

“人自伤心水自流”(刘长卿)是埋怨水之无情,不会人愁。长孙叔向《经昭应温泉诗》:“一道泉回绕御沟,先皇曾向此中游。虽然水是无情物,也到宫前咽不流。”就用无情之水也为兴衰生感来加倍写人之情绪。戴叔伦却又翻用此意写迁谪之感。《湖南即事》:“卢橘花开枫叶衰,出门何处望京师。沅湘日夜东流去,不为愁人住少时。”秦观贬到郴州,受这后两句的启发,写出了著名的〔踏莎行〕“郴江幸自绕郴山,为谁流下潇湘去”,万口传诵。

人在愁时,水声常使人不寐,更添愁怀。李涉《宿武关》:“远别秦城万里游,乱山高下入商州。关门不锁寒溪水,一夜潺湲送客愁。”雍陶《宿石门山》:“窗灯欲灭万愁生,萤火飞来促织鸣。宿客几回眠又起,一溪秋水枕边声。”温庭筠的〔更漏子〕:“梧桐树,三更雨,不道离情正苦。一叶叶,一声声。空阶滴到明。”是正面写雨声添愁的名篇。温庭筠另有一首七绝《过分水岭》却翻进一层,写水声多情:“溪水无情似有情,入山三日得同行。岭头便是分头处,惜别潺湲一夜声。”这多么富于情趣。但到石介笔下却大煞风景。石介《泥溪驿中作》自注:“嘉陵江自大散关与予相伴二十馀程,至泥溪背予去,因有是作。”“山驿萧条酒倦倾,嘉陵相背去无情。临流不忍轻相别,吟听潺溪坐到明。”这后句显然是承袭温诗,但不善变化,把委婉曲折的情趣写得质木无文。

梦也是表达感情的惯用材料,《古诗十九首》中有一首说:

凛凛岁云暮,蝼蛄夕鸣悲。凉风率已厉,游子寒无衣。锦衾遗洛浦,同袍与我违。独宿累长夜,梦想见容辉。良人唯古欢,枉驾惠前绥。愿得长巧笑,携手同车归。既来不须臾,又不处重闱。亮无晨风翼,焉能凌风飞。眄睐以适意,引领遥相睎。徙倚怀感伤,垂涕沾双扉。

先写久别之想念,中间写梦中之欢乐,再结以梦后之凄凉,其想念之情,因梦见而更加沉重。杜甫的《梦李白》二首比上首细致而深沉,传诵千古。

死别已吞声,生别常恻恻。江南瘴疠地,逐客无消息。故人入我梦,明我长相忆。今君在罗网,何以有羽翼?恐非平生魂,路远不可测。魂来枫林青,魂返关塞黑。落月满屋梁,犹疑照颜色。水深波浪阔,无使蛟龙得。

浮云终日行,游子久不至。三夜频梦君,情亲见君意。告归常局促,苦道来不易。江湖多风波,舟楫恐失坠。出门搔白首,若负平生志。冠盖满京华,斯人独憔悴。孰云网恢恢,将老身反累。千秋万岁名,寂寞身后事。

这两首诗"始于梦前之凄恻,卒于梦后之感慨","'入梦'明我忆,'频梦'见君意。前写梦境迷离,后写

三

梦语亲切”(浦起龙《读杜心解》卷一之二)。在梦境中充满朋友生死离别之感和抑郁不平之气,较之前引《古诗十九首》之纯写离别又沉郁苍凉多了。这是当时的时世之感和朋友关怀之切所激发的。“三夜频梦君,情亲见君意。”又被元稹化入《长滩梦李绅》的七绝中:“孤吟独寝意千般,合眼逢君一夜欢。惭愧梦魂无远近,不辞风雨到长滩。”

久别重逢,是事实但却如梦境,司空曙所谓“乍见翻疑梦”,是人生常有的感觉。杜甫经过天宝之乱,陷身贼境,又只身逃脱到凤翔,没有家人的消息:“寄书问三川,不知家在否。比闻同罹祸,杀戮到鸡狗。”“既寄一封书,今已十月后。反畏消息来,寸心亦何有。”(《述怀》)后来他终因疏救房琯被“墨制放还田里”,到家时写了著名的《羌村三首》,写久别重逢的感觉,“妻孥怪我在,惊定还拭泪……夜阑更秉烛,相对如梦寐”。这是经过乱离远别的人都有的感觉,结尾十个字直书情事,语质而情挚。晏幾道把这十个字化用在〔鹧鸪天〕中也脍炙人口:“彩袖殷勤捧玉钟,当年拚却醉颜红。舞低杨柳楼心月,歌尽桃花扇影风。　从别后,忆相逢。几回魂梦与君同。今宵剩把银釭照,犹恐相逢是梦中。”后半阕就是《羌村》第一首结尾的意境,但晏词说得委婉曲折,我们从这里也可领会诗与词在措词方面的微微之辨。

人的感情,往往借动物来烘托。杜甫讲到主人的好客，曾有“犬迎曾宿客”（《重过何将军山林》）的描述，因为弟弟死了而伤悲，写出“旧犬知愁恨，垂头傍我床”（《得舍弟消息》）的沉重语句。戎昱《移家别湖上亭》：“好是春风湖上亭，柳条藤蔓系离情。黄莺久住浑相识，欲别频啼四五声。”《云溪友议》傅会黄莺指所悦的歌妓，未免庸俗。实际上只是用黄莺来烘托人的惜别之情，周邦彦把这种表现手法，运用到〔夜飞鹊〕里就更为醒目：

河桥送人处，凉夜何其，斜月远堕馀辉。铜盘烛泪已流尽，霏霏凉露沾衣。相将散离会，探风前津鼓，树杪参旗。花骢会意，纵扬鞭，亦自行迟。

迢递路回清野，人语渐无闻，空带愁归。何意重红满地，遗钿不见，斜径都迷。兔葵燕麦，向斜阳，欲与人齐。但徘徊班草，唏嘘酹酒，极望天西。



这里的“花骢”犹如杜诗的“旧犬”、戎诗的“黄莺”，机杼不同。

有时某些意境的触发，不一定像上面举的那样明显，但细心捉摸，却又不无关系。杜甫的《曲江对酒》“一片花飞减却春，风飘万点更愁人”，辛弃疾的〔摸鱼儿〕变成“惜春常怕花开早，何况落红无数”，张炎的〔高阳台〕又变成“东风且伴蔷薇住，到蔷薇，春已堪怜。更凄然。万绿西泠，一抹荒烟。”愈翻愈细致。王翰《春日思归》：“杨柳青青杏发花，年光误客转思家。不知湖上莲歌女，几个春舟在若邪？”周邦彦的〔苏幕遮〕是《清真词》中的上品：

燎沉香，消溽暑。鸟雀呼晴，侵晓窥檐语。叶上初阳干宿雨。水面清圆，一一风荷举。　　故乡遥，何日去？家住吴门，久作长安旅。五月渔郎相忆否？小楫轻舟，梦入芙蓉浦。

仔细一捉摸，这词的意境和王翰诗句总有些渊源瓜葛。

曹植《赠白马王彪》："丈夫志四海，万里犹比邻。恩爱苟不亏，在远分日亲。何必同衾帱，然后展殷勤？忧思成疾疢，无乃儿女仁？"王勃《送杜少府之任蜀州》后半："海内存知己，天涯若比邻。无为在歧路，儿女共沾巾。"承袭曹作，人们很容易看出来。秦观〔鹊桥仙〕：

纤云弄巧，飞星传恨，银汉迢迢暗度。金风玉露一相逢，便胜却人间无数。　　柔情似水，佳期如梦，忍顾鹊桥归路！两情若是久长时，又岂在朝朝暮暮！

这结尾两句，脍炙人口。但是它和"丈夫志四海，万里犹比邻，恩爱苟不亏，在远分日亲"的意境不也是一脉相承而略加变化吗？

李群玉《澧陵道中》："别酒离亭十里强，半醒半醉引愁长。无人寂寂春山路，雪打溪梅狼藉香。"花虽狼藉而不改其香，耐人寻味。王安石《北陂杏花》："一陂春水绕花身，身影妖娆各占春。纵被东风吹作雪，绝胜南陌碾成尘。”陆游的〔卜算子〕《咏梅》：“驿外断桥边，寂寞开无主。已是黄昏独自愁，更着风和雨。　　无意苦争春，一任群芳妒。零落成泥碾作尘，只有香如故。”这结尾的意境很显然有李群玉、王安石诗的影子。

刘禹锡的名诗《石头城》：“山围故国周遭在，潮打空城寂寞回。淮水东边旧时月，夜深还过女墙来。”仔细想想，不就是杜甫“国破山河在”一句的转化吗？李白《渡荆门送别》结句说：“仍怜故乡水，万里送行舟。”他是四川人，所以这么说，苏轼也是四川人，《游金山寺》一开头：“我家江水初发源，宦游直送江入海。”不就是从“故乡水”上生发的吗？苏轼〔念奴娇〕“大江东去，浪淘尽，千古风流人物”自是名句。辛弃疾在〔南乡子〕上半阕中略加点化：“何处望神州？满眼风光北固楼。千古兴亡多少事，悠悠。不尽长江滚滚流。”不细心就觉察不到。

朋友分离，难受之极，甚至悔恨本来不该相识，这是深一层的表达方法。如唐长孙佐辅《别友人》：“愁多不忍醒时别，想极还寻静处行。谁遣同衾又分手，不如行路本无情。”这后两句翻进一层，令人不忍卒读，但这种方式我们似曾相识。梁简文帝《夜望单飞雁诗》“早知半路应相失，不如从来本独飞”，恐怕就是长孙诗的祖本。

例子可以说是举之不尽的，因为有许多感情是人们所共有的，抒情的内容既有相同处，表达方式也不可能

## 三

毫无共同之点。如樊绍述那种“不袭蹈前人一言一句”，实际是行不通的，所以樊的《绛守居园池记》教人无法句读。但因袭贵有变化和发展。就诗词而言，大体上古诗质朴，绝句和词则常化为细腻；古诗浑融，绝句和词则常化为明快等等。共同的标准是前人所说的：“譬如日月，终古长见而光景长新。”能够承袭变化而使人有清新之感，就该是成功的，剽窃字句，生吞活剥，自然不值一提。《王直方诗话》有一则说：

> 东坡作《藏春坞诗》有“年抛造物甄陶外，春在先生杖履中”，而少游作《俞充哀词》乃云“风生使者旌旆上，春在将军俎豆中”。余以为依仿太甚。（《苕溪渔隐丛话前集》卷五十）

“依仿太甚”，也不能算好诗。承袭变化而使人不见依仿的痕迹，才是值得称道的。

## 一四、着盐于水　以旧为新

——谈用典

一

用典，前人也叫用事、使事，是中国文学创作中常见的现象，特别是骈文，更离不开用事。《文心雕龙》在这方面曾有过精彩的论述。《神思》说：

> 积学以储宝，酌理以富才，研阅以穷照，驯致以怿辞。
>
> 意翻空而易奇，言征实而难巧。
>
> 博见为馈贫之粮，贯一为拯乱之药。

在《事类》里又说：

> 是以属意立文，心与笔谋。才为盟主，学为辅佐。主佐合德，文采必霸；才学褊狭，虽美少功。

《丽辞》再说：

> 故丽辞之体，凡有四对：言对为易，事对为难；反对为优，正对为劣。言对者，双比空辞者也；事对者，并举人验者也。反对者，理殊趣合者也；正对

者,事异义同者也。

这里重点讲骈文,也和诗相通,特别是律诗,但诗词创作要不要用典,历来是有争议的。胡适《文学改良刍议》主张文学不用典,实际是行不通的。反对诗词用典的人,常常欢喜引钟嵘《诗品序》为证:

> 至乎吟咏情性,亦何贵于用事?“思君如流水”,既是即目;“高台多悲风”,亦惟所见;“清晨登陇首”,羌无故实;“明月照积雪”,讵出经史?观古今胜语,多非补假,皆由直寻。颜延、谢庄,尤为繁密,于时化之。故大明、泰始中,文章殆同书抄。近任昉、王元长等,辞不贵奇,竞须新事,尔来作者,浸以成俗。遂乃句无虚语,语无虚字,拘挛补衲,蠹文已甚。但自然英旨,罕值其人。词既失高,则宜加事义,虽谢天才,且表学问,亦一理乎!

钟嵘这段话仔细琢磨,他只是强调“吟咏性情,亦何贵于用事”,就是说抒情诗以不用典为高,但并不是在诗歌中一概反对用典。他批评的是滥用,使“文章殆同书抄”的流弊,这也如同后来批评的所谓“堆垛死尸”、所谓“点鬼簿”的偏向。钟嵘还认为“词既失高,则宜加事义,虽谢天才,且表学问”,也不失为“一理”。实际上用典是文学的经济手段,有过诗词创作经验的人,都会尝到用典的甜头。古人自不用说,就拿现在人来说,如荒芜在《纸壁斋集代序》中有这样一段话:“写讽刺诗,可以不可以用典故呢? 有人说绝对不可以用,也有人说最好不用。这两种说法,我都不敢苟同,因为事实上办不到。我也反对像李商隐那样,用事太多,让人猜谜。我主张用典要用得恰当,贴切。冷僻的典,要加注释。典用得好,两个字可以抵千言万语,不但文字精练,而且能给读者带来丰富的历史联想。"

他还举出自己的诗句"众望归安石,国家仗老成","燕园理想阐精神,金水桥歌意味新。《封禅书》成魂欲断,不知狗监又何人?"来证明用典的好处,这确是甘苦之言。讽刺诗要用典,抒情诗能不能用典呢? 答案也是肯定的。《离骚》里用了大量的典故,人所共知。作为五言抒情诗的楷模的《古诗十九首》也不排斥用典故。举第一首为例:

行行重行行,与君生别离。相去万馀里,各在天一涯。道路阻且长,会面安可知! 胡马依北风,越鸟巢南枝。相去日已远,衣带日已缓。浮云蔽白日,游子不顾反。思君令人老,岁月忽已晚。弃捐勿复道,努力加餐饭。

《楚辞》"悲莫悲兮生别离"是第二句所本。《诗经》"溯洄从之,道阻且长",第三句扩为五字句。《韩诗外传》:"诗曰'代马依北风,飞鸟栖故巢',皆不忘本之谓也。"这是"胡马"两句的出处。陆贾《新语》曰:"邪臣之蔽贤,犹浮云之障日月。"《文子》曰:"日月欲明,浮云盖之。”这些又是“浮云”句的根源。

抒情诗也可用典,既不待言。叙事诗呢?白居易《长恨歌》叙明皇杨妃事,通篇赋体,他自诩“一篇《长恨》有风情”,有人举这一首作为长篇叙事诗不用典的例子,但中间却有“金阙西厢叩玉扃,转教小玉报双成”的典故。

## 二

所以问题不在于能不能用典,而在于用得恰当。《蔡宽夫诗话》云:

> 荆公尝云:“诗家病使事太多,盖皆取其与题合者类之,如此乃是编事,虽工何益?若能自出己意,借事以相发明,情态毕出,则用事虽多,亦何所妨?”故公诗如“董生只为《公羊》惑,岂肯捐书一语真”,“桔槔俯仰妨何事,抱瓮区区老此身”之类,皆意与本题不类,此真所谓使事也。(《苕溪渔隐丛话后集》卷二十五)

使事就是说典为我用,而不是为典而典的编事。如前人曾加称道的李商隐《喜雪》:

> 朔雪自龙沙,呈祥势可嘉。有田皆种玉,无树不开花。班扇慵裁素,曹衣讵比麻。鹅归逸少宅,鹤满令威家。寂寞门扉掩,依稀履迹斜。人疑游面市,马似困盐车。洛水妃虚度,姑山客漫夸。联辞

## 一四

虽许谢，和曲本惭巴。粉署闱全隔，霜台路正赊。此时倾贺酒，相望在京华。

除了首尾，中间全部用事，所以有獭祭之讥，主要毛病出在编事，譬如“班扇”四句只说一个白色而已。这在李诗用事中属下乘。能不能说使事多就是毛病呢？且看辛弃疾的〔永遇乐〕：

千古江山，英雄无觅，孙仲谋处。舞榭歌台，风流总被雨打风吹去。斜阳草树，寻常巷陌，人道寄奴曾住。想当年，金戈铁马，气吞万里如虎。

元嘉草草，封狼居胥，赢得仓皇北顾。四十三年，望中犹记，烽火扬州路。可堪回首，佛狸祠下，一片神鸦社鼓。凭谁问，廉颇老矣，尚能饭否？

这首词也是通篇用事，岳珂《桯史·稼轩论词》记载辛弃疾“特置酒召数客，使妓迭歌，益自击节，遍问客，必使摘其疵”，座客有的不敢说，有的说了但不中稼轩意，最后点名要岳珂提，岳珂说：“前篇豪视一世，独首尾二腔警语差相似，新作微觉用事多耳。”辛“于是大喜，酌酒而谓座中曰：‘夫君实中余病。’乃味改其语，日数十易，累月犹未竟”。首尾二腔，岳珂记在《桯史》中，和今天的传本没有区别。以辛弃疾的学识，为什么累月未能改掉“首尾二腔警语差相似”和“微觉用事多”的自觉有毛病的作品呢？我想关键在这些典故正好为辛弃疾的满腔忧愤服务。辛弃疾屡废屡起，以北人为朝廷所忌，忧谗畏讥，但蒿目时艰，怅望中原，感慨年华，满腔热血，喷向纸上，如果不用典，直接说出来，必然遭人抨击，而出之以典实，则可以收到“言之者无罪，闻之者足以戒”的效果。这正是用典的妙处。前人一些感时伤事的诗词往往多用典实，正是这个道理，如北宋末年的溃败，陈与义《发商水道中》只说“草草檀公策，茫茫杜老诗”，对庙堂的仓皇失措，人民的颠沛流离尽在用典中表现，沉郁苍凉，如果直说，既易贾祸，又逊此深沉。

用事而不为事用，不是编事，这是诗词用典的第一要义。

## 三



用典需要精切，需要清新。姜夔《白石道人诗说》所谓“僻事实用，熟事虚用”，是用典清新的要诀。《艺苑雌黄》云：

> 文人用故事，有直用其事者，有反其意而用之者……李义山诗“可怜夜半虚前席，不问苍生问鬼神”虽说贾谊，然反其意而用之矣。林和靖诗“茂陵他日求遗稿，犹喜曾无《封禅书》”虽说相如，亦反其意而用之矣。直用其事，人皆能之；反其意而用之者，非识学素高，超越寻常拘挛之见，不规规然蹈袭前人陈迹者，何以臻此？

贾谊、司马相如的事都是熟事，反其意而用之也就是虚用，就给人清新之感。同样如张翰的故事，也是烂熟的。李白《秋下荆门》“此行不为鲈鱼脍，自爱名山入剡中”；辛弃疾〔水龙吟〕“休说鲈鱼堪脍，尽西风，季鹰归未？”都是虚用，给人以新鲜感，这也就是以故为新的手段。

宋人对用事尤其注意精切。如黄山谷《和答钱穆父咏猩猩毛笔》：“爱酒醉魂在，能言机事疏。平生几两屐，身后五车书。物色看王会，勋劳在石渠。拔毛能济世，端为谢杨朱。”据注称，捕捉猩猩的人，根据猩猩欢喜饮酒和着屐的特点，在猩猩出没的路上摆许多酒，把几十双草鞋联在一起，猩猩喝醉了，都穿上草鞋，绊在一起，就为人所擒获。《晋书·阮孚传》“未知一生能着几两屐”，《庄子·天下》：“惠施多方，其书五车”，这两句把猩猩毛笔的特别完全写出来了，而用阮孚、惠施的事又何等精切，所以一直为人们所称道。王安石也是善于用事的高手。《王直方诗话》说：

> 《吴仲庶守潭》诗云：“自古楚有材，醽醁多美酒。不知樽前客，更得贾生否？”盖贾谊初为河南吴公召置门下，而后谪长沙，其用事之精如此。（《苕溪渔隐丛话前集》卷三十三）

胡仔也说：

> 《上元戏刘贡甫》诗云：“不知太一游何处，定把青藜独照公。”此诗用事亦精切。刘向校书天禄阁，夜有老人着黄衣，植青藜杖，叩阁而进。向请问

姓名。"我是太乙之精,天帝闻卯金之子有博学者,下而观焉。"乃出怀中竹牒授之。见王子年《拾遗》。此事既与贡甫同姓,又贡甫时在馆阁也。(同前)

苏东坡更喜用事,一部《苏文忠诗编著集成》所使用的典故,自经史子集以至于内典,无所不包,难以数计。《漫叟诗话》说:

东坡最善用事,既显而易读,又切当。若招持服人游湖不赴云:"却忆呼卢袁彦道,难邀骂坐灌将军。"柳氏求字,答云:"君家自有元和脚,莫厌家鸡更问人。"天然奇作。《贺人洗儿词》云:"犀钱玉果,利市平分沾四座;深愧无功,此事如何到得侬?"南唐时,宫中尝赐洗儿果,有近臣谢表云:"猥蒙宠数,深愧无功。"李主曰:"此事卿安得有功?"尤为亲切。(《苕溪渔隐丛话前集》卷三十八)



正因为诗词中离不了用典,因此,欣赏诗词,得弄清典故。前人称过杜诗"无一字无来历",于是若干注家就在来历上下工夫,旧注往往认为来历找出来了,注的任务也就完成了。但找出来历的事并不容易。譬如杜甫《江汉》:"江汉思归客,乾坤一腐儒。片云天共远,永夜月同孤。落日心犹壮,秋风病欲苏。古来存老马,不必取长途。"这末两句到底用什么典?

《韩非子·说林上》:"管仲、隰朋从于桓公而伐孤竹,春往冬返,迷惑失道。管仲曰:'老马之智可用也。'

乃放老马而随之,遂得道。”许多注家都取这个出处,认为“心壮病苏,见腐儒之智可用,故以老马自方”。杨伦《杜诗镜铨》却引《韩诗外传》另作解释:

> 田子方出,见老马于道,喟然叹曰:“少尽其力,老弃其身,仁者不为也。”束帛赎之。公自伤为国老臣不见收恤,故云。旧注引《韩非子》未合。

通观全诗,此处典故取哪个出处,直接影响对全篇诗的内容的理解。我以为从“古来存老马”的“存”字考虑,杨伦可能更恰当。杜甫已经年衰多病,这时期诗篇已无复“致君尧舜上”的豪情壮志,但望朝廷有所存恤,篇首“思归”二字也反映此种心情。

李后主〔浪淘沙〕:

> 往事只堪哀。对景难排。秋风庭院藓侵阶。一任(桁)珠帘闲不卷,终日谁来? 金剑已沉埋。壮气蒿莱。晚凉天净月华开。想得玉楼瑶殿影,空照秦淮。

《墨子·公孟》:“昔者齐桓公高冠博带、金剑木盾以治其国,其国治。”金剑实际是国君权力的象征,找到这个出处,才能对这首词沉郁愤悔的气氛有正确深刻的感受。

## 四

有些平凡的事,如果能恰当地运用典故,加以点染,就会趣味盎然。如唐庚《收家书》：

西州消息到南州，骨肉无他岁有秋。骥子解吟〔青玉案〕，木兰堪战黑山头。即时旅思春冰拆，昨夜灯花黍穗抽。从此归田应坐享，故山已为理菟裘。

三四两句不过说小儿子已经能读诗，女儿也长大了。用了杜甫的骥子和从军木兰来比况，就耐人寻味了。陆游到严州任十五个月，酒很差，想从杭州求好酒又很困难，一些寓公有书但多秘不肯借读，于是他写了一首诗发感慨：

桐君放隐两经秋，小院孤灯夜夜愁。名酒过于求赵璧，异书浑似借荆州。溪山胜处真难到，风月佳时事不休。安得连车载郫酿，金鞭重作浣花游。

如果直说酒难找，书难借，还有什么趣味呢？利用"求赵璧"、"借荆州"的典故，就觉精彩照人。寻常事是这样，大事也有这种情况。

陆游年轻时参加锁厅试时，秦桧孙子秦埙也来考，而且指明要列第一。考官陈阜卿却根据才学把陆游卷子放第一，得罪了秦桧，第二年省试时陆游被排斥了，陈阜卿也要被加罪，幸好秦桧死了，陈才幸免。到了晚年，陆游料理书信，得到陈阜卿手帖，感动不已，作了一首七律：

冀北当年浩莫分，斯人一顾每空群。国家科第与疯汉，天下英雄惟使君。后进何人知大老，横流无地寄斯文！自怜衰钝辜真赏，犹窃虚名海内闻。

一二两句言陈阜卿的眼力，用“伯乐一过冀北之野而马群遂空”的典故，三四用仇士良骂刘蕡、曹操夸刘备话，赞美陈阜卿的胆量。如果直说这点内容，就缺乏这种豪荡感激的力量。

李商隐试博学宏词落选，客游泾州，寄居岳父泾原节度使王茂元的幕中。一些人未免以小人之心度君子之腹，窃窃私议，他愤而写了一首《安定城楼》：

迢递高城百尺楼，绿杨枝外尽汀洲。贾生年少虚垂涕，王粲春来更远游。永忆江湖归白发，欲回天地入扁舟。不知腐鼠成滋味，猜意鹓雏竟未休！

如果作者不使用《贾谊传》、《登楼赋》、《庄子·秋水》和范蠡的典故，这首诗肯定得不到现在这样感人的效果。

律诗中间的用典，还要注意防止偏枯的毛病。《西清诗话》说：

熙宁初，张掞以二府初成，作诗贺荆公。公和曰：“功谢萧规惭汉第，恩从隗始诧燕台。”以示陆农师，农师曰：“萧规曹随，高帝论功，萧何第一，皆摭故实；而请从隗始，初无恩字。”公笑曰：“子善问也。韩退之《斗鸡联句》：‘感恩惭隗始（淳按：原诗作“始隗”）若无据，岂当对功字也？”乃知前人以用事一

字偏枯，为倒置眉目，反易巾裳。盖谨之也。(《苕溪渔隐丛话前集》卷三十五)

要做到这一点确实不易，平时“积学以储宝”，才有材料供选择，临时使用，还须查证，以免出错。《缃素杂记》举出东坡误用事，如以东昏侯为安乐公主，潘丽华为张丽华，如皋射雉当地名(《复斋漫录》以为应为地名)等，见《苕溪渔隐丛话前集》卷四十。《石林诗话》举苏子瞻将“厕腧”倒用为“腧厕”，黄鲁直将“西巴”倒为“巴西”等(同上)。不但宋人有误，唐人也有，《西清诗话》说：

唐人以诗为专门之学，虽名世善用故事者，或未免小误，如王摩诘诗“卫青不败由天幸，李广无功缘数奇”。不败由天幸，乃霍去病，非卫青也。《去病传》云：“其军尝先大将军，军亦有天幸，未尝困绝。”意有“大将军”字，误指去病作卫青耳。李太白“山阴道士如相访，为写《黄庭》换白鹅”，乃《道德经》非《黄庭》也。(淳按：此事非定论，见吴景旭《历代诗话》卷四十八《换鹅》)逸少尝写《黄庭》与王修，故二事相紊。杜牧之尤不胜数。前辈每云：“用事虽了在心目间，亦当就时讨阅，则记牢而不误。”端名言也。(同上)

《西斋话纪》也说：

引用故事，多以事浅语熟，更不思究，率尔用之，往往有误。如李商隐(淳按：当作刘禹锡)《路逢王二

> 十入翰林》诗云："定知欲报淮南诏，急召王褒入九重。"汉武帝以淮南王安善文辞尊重之。每为报书，尝召司马相如视草乃遣，王褒自是宣帝时人。王禹偁《笋诗》云："稚川龙过频回首，诏得青青数代孙。"稚川即葛洪之字，投杖葛陂化龙，乃费长房也。（同上）

用典常常涉及古人，一般只取其长处，不估计全部。比如石崇、潘岳等人品都很差，但前人尝用金谷园宴饮和河阳掷果而不计较其结局。《西斋话纪》云：

> 古人作诗，引用故实或不原其美恶，但以一时中的而已。如李端于郭暖席上赋诗，其警句云"新开金埒教调马，旧赐铜山许铸钱"，乃比邓通耳，既非令人，又非美事，何足算哉！

这种只取一点的办法，本来谁都理解，但如果被别有用心的人一歪曲，也能带来麻烦。李白《清平调》夸奖杨贵妃的美貌和宠幸，有这样两句"借问汉宫谁得似？可怜飞燕倚新妆"，杨贵妃本来非常欣赏，但高力士一挑拨，"以飞燕比妃子，贱之甚矣"。杨贵妃就恨透了李白。今天有些人欢喜根据一个典故大加发挥，穿凿附会，往往和不知古人这种用典习惯有关。

## 五

用事还要求用得自然。《石林诗话》说：

诗之用事，不可牵强，必至于不得不用而后用之，则事词为一，莫见其安排斗凑之迹。（卷上）

《西清诗话》说：

杜少陵云："作诗用事，要如禅家语，水中着盐，饮水乃知盐味。"此说诗家秘密藏也。如"五更鼓角声悲壮，三峡星河影动摇"，人徒见凌轹造化之工，不知乃用事也。《祢衡传》："挝《渔阳操》，声悲壮。"《汉武故事》：星辰动摇，东方朔谓民劳之应。则善用事者，如系风捕影，岂有迹耶？（《苕溪渔隐丛话前集》卷十）

苏轼《雪诗》第二首写雪晴后的感受，"冻合玉楼寒起粟，光摇银海眩生花"。一般人并不知道用典，也说得通。后来见到王安石，王问苏："道家以两肩为玉楼，目为银海，是使此事否？"苏东坡大为佩服，告诉别人说："唯荆公知此出处。"见《侯鲭录》。知道这个典故，再体会这两句诗，眼前就像见到眼晃得睁不开、肩冻得紧紧缩起来的形象。再如岑参《九日思长安故园》："强欲登高去，无人送酒来。遥怜故园菊，应傍战场开。"头一句用桓景避灾事，二句用王弘送酒给陶渊明事，都反用重九的典故，使人不觉，知道这两件事，更能引起历史的回味。

相传为李白作的〔菩萨蛮〕："平林漠漠烟如织。寒山一带伤心碧。暝色入高楼。有人楼上愁。　玉梯空伫立。宿鸟归飞急。何处是归程？长亭更短亭。”乍看起来没有用典，但庾信《哀江南赋》说“十里五里，长亭短亭”，明明用这个典，更增加思归的凄怆。有些典故已经溶化到词语中，到处可见。如李白《行路难》“金樽清酒斗十千，玉盘珍羞值万钱”，前一句用曹植事，后一句用何曾事。《将进酒》“会须一饮三百杯”，用郑玄事，这几个数字已经和典故凝在一起了。范仲淹〔渔家傲〕“燕然未勒归无计”，柳永〔夜半乐〕“怒涛渐息，樵风乍起”，范用班固事，樵风见《后汉书·郑弘传》注引孔灵符《会稽记》。这类情况，更仆难书，苏轼〔江城子〕《密州出猎》使用了大量典故都十分自然，如“左牵黄，右擎苍”，用《梁书·张充传》“左手臂鹰，右手牵狗”，《史记·李斯传》“牵黄犬出上蔡东门”之类，信手拈来，均成妙句，读时皆应细会。

综上所述，用典是诗词中的常见形象，它可以传达难以传达的情意，特别是借古喻今；它能增加语言的情趣，化平淡为奇丽；可以以少寓多，一字千金。因此人们乐于使用典故。使用典故要为表达内容服务，使事而非编事；要用得自然，像水中着盐；要善于变化，以故为新，不是重复旧事；典故中离不开古人，用人的典故时，往往取其一端，不顾终生；要防止堆砌，变成点鬼簿或堆垛死尸，没有生气。这些是用典时该注意的。作为欣赏，也应该准确地把握作者所用的典故，才不致望文生义或穿凿附会。

## 一五、情立其本　理广其趣

### ——情与理

### 一

诗词是由情感而产生的。陆机《文赋》说“诗缘情而绮靡”;诗词又是和理性分不开的,“诗者,志之所之也,在心为志,发言为诗”(《诗序》)。古人诗与乐分不开,谈音乐的理论也完全通于诗歌。《礼记·乐记》说:

> 凡音者,生人心者也。情动于中,故形于声,声成文,谓之音。

《汉书·艺文志·六艺略》说:

> 《书》曰:“诗言志,歌永言。”故哀乐之心感而歌咏之声发。诵其言谓之诗,咏其声谓之歌。

在《诗赋略》里又说那些各地民歌“皆感于哀乐,缘事而发”。何休《春秋公羊传解诂》在“宣公十五年”里说:“男女有所怨恨,相从而歌。饥者歌其食,劳者歌其事。”这些都说明诗是由情感激动而产生的。这是古人的共识。陆游在《澹斋居士诗序》里也说:“盖人之情,悲愤积于中而无言,始发为诗。不然,无诗矣。”(《渭南集》卷十五)这和司马迁说的古代著作大抵“圣贤发愤之所作”相似。

诗歌必须有激情,但这种激情又必须有所制约。《诗序》又说:“故变风发乎情,止乎礼义。发乎情,民之性也;止乎礼义,先王之泽也。”《礼记·经解》说:“温柔敦厚,《诗》教也。”这里的“止乎礼义”是说受社会伦理道德观念所制约。这是理的一个方面,社会的方面。前人评论诗人,非常重视这个标准,诗人的创作也尽量不越伦理纲常的界限,比如说到皇帝,要尽量讲好话,明明是错误也得曲意回护。天宝末年唐玄宗宠爱杨贵妃,信任安禄山,酿成大乱。杜甫在《自京赴奉先县咏怀五百字》里,讲到了唐玄宗的滥施恩赏,民穷财尽的情况,揭露得非常深刻:“彤庭所分帛,本自寒女出。鞭挞其夫家,聚敛贡城阙。”鞭子要抽到皇帝了,但忽然笔锋一转:“圣人筐篚恩,实欲邦国活。臣如忽至理,君岂弃此物!多士盈朝廷,仁者宜战栗。”皇帝的滥施赏赐都是为了“活国”,毛病出在臣下不善体会这样的好心。唐玄宗逃到马嵬驿,陈玄礼以兵谏的形式逼迫唐玄宗赐杨贵妃死。杜甫《北征》又维护唐玄宗的尊严,说是自动的。《隐居诗话》说:

> 唐人咏马嵬之事者多矣,世所称者,刘禹锡云:“官军诛佞幸,天子舍妖姬。群吏伏门屏,贵人牵帝衣。低回转美目,风日为无辉。”白居易云:“六军不发争奈何,宛转蛾眉马前死。”此乃歌咏安禄山能

使官军叛,逼迫明皇,明皇不得已而诛杨妃也。岂特不晓文章体裁,而造语蠢拙,抑亦失臣下事君之礼。老杜则不然,其《北征》诗曰:“忆昨狼狈初,事与古先别。”“不闻夏、商衰,中自诛褒、妲。”乃见明皇鉴夏、商之败,畏天悔过,赐妃子以死,官军何预焉?(《苕溪渔隐丛话前集》卷十二)

这种批评观点都是所谓“止乎礼义”的实例。《春秋》为尊者讳,为贤者讳,常常影响一些诗人表达的深度和广度,读古典诗词不能不注意到这方面。至于“发乎情止乎礼义”在中国古代文学中的功过是非问题,须作专题论述,非短文所能说透,这里只好从略。

理还包括事物的特点、规律以及人生的哲理等,这个意义的“理”,在诗词中在在可见。先谈事物的特点,诗词要能抓住事物的特点,前人叫“写物”或“体物”。苏东坡说:

诗人有写物之功,“桑之未落,其叶沃若”,他木不可以当此。林逋《梅花诗》“疏影横斜水清浅,暗香浮动月黄昏”,决非桃李诗。皮日休《白莲诗》“无情有恨何人见,月冷风轻欲堕时”,决非红莲诗。此乃写物之功。(同书卷三十二)

这里强调的不仅是物的形态,而且指它的精神特色,实际是诗人赋予的感情。《文心雕龙·物色》说:

岁有其物,物有其容;情以物迁,辞以情发……

是以诗人感物，联类不穷，流连万象之际，沉吟视听之区。写气图貌，既随物以宛转；属采附声，亦与心而徘徊。故灼灼状桃花之鲜，依依尽杨柳之貌。杲杲为出日之容，瀌瀌拟雨雪之状。喈喈逐黄鸟之声，喓喓学草虫之韵。皎日嘒星，一言穷理；参差沃若，两字穷形。并以少总多，情貌无遗矣。虽复思经千载，将何易夺。

这里强调的体物之功，不止是修辞问题，"随物宛转"，"与心徘徊"，明明有情理在其中；"一言穷理"，"两字穷形"，就是抓住事物的特点恰当表现出来。杜甫写下雨时的鱼和燕子的特点有："细雨鱼儿出，微风燕子斜。""震雷翻幕燕，骤雨落河鱼。"一个"出"，一个"落"，写出微雨和骤雨时鱼的不同表现：一个"斜"，一个"翻"，写出燕子在"微风"和"震雷"中的两种情态。这些都是前人一再称道的。"过雨看松色"（刘长卿），"日出雾露馀，青松如膏沐"（柳宗元），对松树的神情把握得非常准确，所以成为名句。张子野是著名词人，却非常佩服林和靖的一首《草词》（〔点绛唇〕）：

金谷年年，乱生春色谁为主？馀花落处，满地和烟雨。　又是离歌，一曲长亭暮。王孙去。萋萋无数。南北东西路。

"满地和烟雨"，"萋萋无数"等等正写出草的特点和情态。相反的例子，如菊花一般在枝头上干枯，王安

## 一五

石诗“西风日暝到园林，残菊飘零满地金”，惹起了一场争论，见《苕溪渔隐丛话前集》卷三十四。韩愈的《听颖师琴》，欧阳修认为写的是琵琶，义海和尚认为欧阳修批评错了，韩是地道的琴诗，这个案子也还没有彻底了结，见《苕溪渔隐丛话前集》卷十六。

《诗人玉屑》卷十一有“碍理”一目，随举两例，以见一斑：

> 张仲达《咏鹭鸶》诗云：“沧海最深处，鲈鱼衔得归。”张文宝曰：“佳则佳矣，争奈鹭鸶嘴脚太长也？”
>
> 潘大临字邠老，有《登汉阳高楼》诗曰：“两屐上层楼，一目略千里。”说者以为著屐岂可登楼！又尝赋潘庭之清逸楼诗，有云：“归来陶隐居，拄颊西山云。”或谓：“自已休官，安得手板而拄之也？”

这些情况说明要弄清是否合乎物理，体物才能准确。王直方曾经批评苏轼《为程筠作归真亭诗》中“会看千字诔，木杪见龟趺”这两句说：“龟趺是碑坐，不应见于木杪也。”《石林诗话》却有不同说法：

> 学者多议苏子瞻“木杪见龟趺”，以为语病，谓龟趺不当出木杪也。殊不思此题程筠先墓归真亭也。东南多葬山上，碑亭往往在半山间，未必皆平地，则自下视之，龟趺出木杪，何足怪哉？（《苕溪渔隐丛话前集》卷四十一）

事实上杜甫《北征》"我行已水滨,我仆犹木末",已经写出自下向山上望的特点。体物是否合理不能一概而论。就一篇作品说,前后应该一致,不犯逻辑错误,写景时令,不能相互龃龉,这也属合理的范畴。如柳永〔轮台子〕:

一枕清宵好梦,可惜被邻鸡唤觉。匆匆策马登途,满目淡烟衰草。前驱风触鸣珂,过霜林,渐觉惊栖鸟。冒征尘远况,自古凄凉长安道。行行又历孤村,楚天阔,望中未晓。　　念劳生,惜芳年壮岁,离多欢少。叹断梗难停,暮云渐杳。但黯黯魂销,寸肠凭谁表。恁驱驱,何时是了。又争似,却返瑶京,重买千金笑。



上半阕写早行情况,粗粗读过,觉得还可以。《艺苑雌黄》说:

世传永尝作〔轮台子〕《早行词》,颇自以为得意。其后张子野见之,云:"既言'匆匆策马登途,满目淡烟衰草',则已辨色矣,而后又言'楚天阔,望中未晓',何也?柳何语意颠倒如是?"(《苕溪渔隐丛话后集》卷三十九)

这是前后写景叙事相矛盾的例子。又如曹组〔婆罗门引〕《望月》:

涨云暮卷,漏声不到小帘栊。银河淡扫澄空。皓月当轩高挂,秋入广寒宫。正金波不动,桂影朦胧。　　佳人未逢。叹此夕，与谁同？望远伤怀对景，霜满愁红。南楼何处，想人在，长笛一声中。凝泪眼，立尽西风。

这首词写的是中秋，但“霜满愁红”已是深秋景色，所以胡仔批评说是“此词病在‘霜满愁红’时太早耳”。把深秋景色提前了。像《诗·豳风·七月》写蟋蟀“七月在野，八月在宇，九月在户，十月蟋蟀，入我床下”，随着气温的变化，蟋蟀一步步向室内迁移，诗人观察细致，表现分明，就不会前后矛盾。

一般景物有其正常情况，如果碰到特殊情况，看似不合理，诗人善于捕捉入诗，会有意想不到的艺术效果。桃花一般夏历二三月开，但白居易在庐山大林寺看到四月桃花才开，他写了一首《大林寺桃花》脍炙人口：

人间四月芳菲尽，山寺桃花始盛开。长恨春归无觅处，不知转入此中来。

我国地形东高西低，一般河流东向入海。如果发现水向西流的特殊情况，就是很好的诗材。晚唐诗人周朴的名句“禹力不到处，河声流向西”，自己最爱赏，碰到一个促狭鬼，故意念成“流向东”，鞭驴而去。周朴一口气追了几里路去加以纠正，传为美谈。苏东坡也碰到西流的溪水，写了一首〔浣溪沙〕：

山下兰芽短浸溪，竹间沙路净无泥。潇潇暮雨子规啼。　　谁道人生无再少，门前流水尚能西。

休将白发唱《黄鸡》。

何等有情趣。刘禹锡“东边日出西边雨，道是无情却有情”，也是善于利用稀有的反常现象构思的。有一年成都的柳树叶子冬天未落尽，春天新叶长出来时旧叶子还在上面。这对一般人说也是罕见的不合常理的现象。胡翔冬先生抗战时到成都，看到这种特殊情况，摄入小诗：

> 二年老我锦官城，花落花开总莫惊。故叶如攀新叶笑，谁人敢道柳无情！

也别有情趣。有时为了表达特殊的感情，有意违背常识或故作无知。不善领会，就闹笑话。



《蔡宽夫诗话》说：

> 老杜诗既为世所重，宿学旧儒，犹不肯深与之。尝有士大夫称杜诗用事广，旁有一经生忽愤然曰：“诸公安得为公论乎？且其诗云：‘浊醪谁造汝，一酌散千忧。’彼尚不知酒是杜康作，何得言用事广？”闻者无不绝倒。（《苕溪渔隐丛话前集》卷二十二）

这是不知老杜的用意而成为笑柄。“露从今夜白，月是故乡明”，从自然常识讲是无根据的，但从杜甫当时的心情说非如此不可。李清照的〔声声慢〕说：“雁过也，正伤心，却是旧时相识。”如果机械地推理，大雁飞得那么高，只凭叫声，怎么能说是旧时相识呢？这句话显然不合常理，但它却能衬出李清照孤苦伶仃无依无靠的悲哀情绪。

诗是以抒情为主的,但一些名句,不但有抒情写景的独到之处,而且给人以哲理的启迪。《诗·大雅·旱麓》:“鸢飞戾天,鱼跃于渊。”本来是写景物来起兴的。因为它道出自然界一片生机,所以宋人常用“一派鸢飞鱼跃气象”表示修养的工夫。这样,诗和哲理结了姻缘。如朱斌“欲穷千里目,更上一层楼”,杜甫“水流心不竞,云在意俱迟”,“随风潜入夜,润物细无声”,王维“行到水穷处,坐看云起时”等等,情理交融,耐人寻味。苏轼《题西林寺壁》:

横看成岭侧成峰,远近高低各不同。不识庐山真面目,只缘身在此山中。

一首小诗,说出一篇大道理,要解蔽,但你觉得它不是干巴巴的哲学讲义而是诗,这是因为他把对庐山的感情融在里面。如果只有说道理而无感情,就变成“禅偈”或“平典似《道德论》”而不成其为诗了。如孙绰《答许询诗》:

仰观大造,俯览时物。机过患生,吉凶相拂。智以利昏,识由情屈。野有寒枯,朝有炎郁。失则震惊,得必充诎。

道理讲得未必不对,但哪里有一点诗味呢?钟嵘《诗品序》里批评说:

永嘉时,贵黄老,稍尚虚谈,于时篇什,理过其辞,淡乎寡味。爰及江表,微波尚传,孙绰、许询、桓、庾诸公诗,皆平典似《道德论》,建安风力尽矣。

是不是讲人生道理就不成其为诗呢?不一定。我们不妨看看陶渊明的《形影神诗三首》,前有小序:“贵贱贤愚,莫不营营以惜生,斯甚惑焉。故极陈形影之苦,言神辨自然以释之。好事君子,共取其心焉。”从序看,这几首诗也在讲人生的大道理,而且这方面正是魏晋南北朝时探讨的热门话题,很容易变成玄言。我们看看陶渊明怎样表现:

天地长不没,山川无改时。草木得常理,霜露荣悴之。谓人最灵智,独复不如兹!适见在世中,奄去靡归期。奚觉无一人,亲识岂相思。但馀平生物,举目情凄洏。我无腾化术,必尔不复疑。愿君取吾言,得酒莫苟辞。(《形赠影》)

存生不可言,卫生每苦拙。诚愿游昆华,邈然兹道绝。与子相遇来,未尝异悲悦。憩荫若暂乖,止日终不别。此同既难常,黯尔俱时灭。身没名亦尽,念之五情热。立善有遗爱,胡可不自竭!酒云能消忧,方此讵不劣!(《影答形》)

大钧无私力,万物自森著。人为三才中,岂不以我故!与君虽异物,生而相依附。结托既喜同,安得不相语!三皇大圣人,今复在何处?彭祖爱永年,欲留不得住。老少同一死,贤愚无复数。日醉

## 一五

或能忘，将非促龄具？立善常所欣，谁当为汝誉？甚念伤吾生，正宜委运去。纵浪大化中，不喜亦不惧。应尽便须尽，无复独多虑。(《神释》)

我们拿这三首诗和孙绰的相比较，虽然都涉及人生的大道理，但孙绰的是枯燥的玄言，陶潜的却是深沉的诗篇，它有真性情，从中可以窥见陶渊明的特点。写人生无常，应该如何对待，并不始于魏晋。《古诗十九首》如：

回车驾言迈，悠悠涉长道。四顾何茫茫，东风摇百草。所遇无故物，焉得不速老。盛衰各有时，立身苦不早。人生非金石，岂能长寿考！奄忽随物化，荣名以为宝。(其十二)

驱车上东门，遥望郭北墓。白杨何萧萧，松柏夹广路。下有陈死人，杳杳即长暮。潜寐黄泉下，千载永不寤。浩浩阴阳移，年命如朝露。人生忽如寄，寿无金石固。万岁更相送，贤圣莫能度。服食求神仙，多为药所误。不如饮美酒，被服纨与素。(其十四)

这里也涉及人生之道，但因为它们带有浓烈的抒情气氛，使人不觉它们是在说道理。诗词中的哲理，应该和某种感情相联系，才不致枯燥而失去诗味。苏轼〔满庭芳〕："蜗角虚名，蝇头微利，算来著甚干忙。事皆前定，谁弱又谁强。"这几乎像王梵志的禅偈体一样味同嚼蜡,就因为它纯粹说理,没有感情做基础。

诗词里的理应有情相伴,情在正常的情况下也应该经得住理的参验。但是王维画雪里芭蕉,在艺术(情)与真实(理)之间提出了异议,为了抒情,可以突破常理的限制。在诗词中常有无理有情的作品,愈无理就愈有情。《乐府诗集》卷十六有一首《上耶》:

上耶,我欲与君相知,长命无绝衰。山无陵,江水为竭。冬雷震震,夏雨雪。天地合,乃敢与君绝!

后半说的完全是违反常理的事,愈是这样说得无理,愈见出热爱的感情。如果简单说成不管什么情况两人都不分离,那就淡乎寡味了。

敦煌词里有一首〔菩萨蛮〕:

枕前发尽千般愿。要休且待青山烂。水面上秤锤浮。直待黄河彻底枯。　　白日参辰现。北斗回南面。休即未能休,且待三更见日头。

这和《上耶》可谓异曲同工,炽烈的激情,正是借这些绝对无理的铺陈倾泻而出。

韦庄的〔思帝乡〕:

春日游。杏花吹满头。陌上谁家年少足风流。妾拟将身嫁与,一生休。纵被无情弃,不能羞!

这后两句也是用出乎常理的方式来加重抒情分量的。唐长孙翱有一首《别友人》诗:

## 一五

愁多不忍醒时别，想极还寻静处行。谁遣同衾又分首，不如行路本无情。

这末句虽是从梁简文《夜望单飞雁》“早知半路应相失，不如从来本独飞”化来，但因为不忍分别，悔恨本来不该有交情，不合常理，却加重了不忍分离的感情。

丈夫远戍在外，忽然听说已经到家，从常理说，妻子应该打扮打扮，以表欢迎。《才调集》里却有这样的绝句：

一去辽阳系梦魂，忽传征骑到中门。纱窗不肯施红粉，图遣萧郎问泪痕。

第三句是违犯常理的行动，第四句加以解说，传达出细腻的感情来。栽花总是欢喜一栽就活，白居易却恨牡丹太容易活了：

金钱买得牡丹栽，何处辞从别主来？红芳堪惜还堪恨，百处移将百处开。

卞和刖足总是不幸的事，李商隐却要羡慕受这种刑罚的人：

黄昏封印点刑徒，愧负荆山入座隅。却羡卞和双刖足，一生无复没阶趋。

第三句不合常理的叙述，加重了厌恶身不由己的官府生活的感情。朋友下葬，一般总是悲哀哭泣的。杜荀鹤的《哭贝韬》却如此说：

旁人(一作交朋)来哭我来歌,喜傍山家葬薜萝。四海十年人杀尽,似君埋少不埋多。

第一句的反常,为了加强三四两句伤时的感情。

这种一首诗中个别句子的违背常理以提高抒情效果的做法,可以说俯拾即是,如:“近乡情更怯,不敢问来人”(宋之问),“反畏消息来,寸心亦何有”(杜甫),“玉颜不及寒鸦色,犹带昭阳日影来”(王昌龄),“春花秋月何时了?往事知多少”(李煜)等等。稍加思索,即可悟出。像柳宗元的名诗《江雪》:

千山鸟飞绝,万径人踪灭。孤舟蓑笠翁,独钓寒江雪。

读的人都觉得好。后来李梅亭作《雪诗》云:“不知万径人踪灭,钓得鱼来卖与谁?”



## 四

从上面的一些例子,我们对诗词中的情和理,可以得出下面简括的结论。

首先,诗词以情为基础,没有激情,就产生不出好的诗词。

其次,诗词中的情感,往往借事物来表现,运用这些事物,应该注意合理,就是说,不同事物有不同的特点,抓住这种特点,才能体物抒情,使人感动和信服。“叶垂千口剑,干耸万条枪”式的十个竹竿才长一片叶儿是

一五

断然不对的。

第三，好的诗词，含义深刻，往往给人哲理的启迪；但如果离开情感，单纯去用韵语说道理，就会使人昏昏欲睡。玄言诗，严格说起来不能算诗，因为他没有感情为基础。就是说，有理而无情，不能算真正的诗，不管出自什么人手都一样。

最后，为了进一步抒情的需要，常常有些无理有情的现象。即从逻辑上说未必通，从抒情说非常好。或则一两句，或则全篇，经常有这种现象，欣赏诗词时必须注意领会。宽泛地说，一些故意的夸张也可纳入这一方面，如《蜀道难》前面说“西当太白有鸟道，可以横绝峨嵋颠”，中间说“黄鹤之飞尚不得过”之类，都可作如是观。这种现象可能为诗词所特有，决不可轻轻放过。

# 一六、增益见闻　别有会心

——谈博识

从孟子开始，就提出理解诗应该用“知人论世”和“以意逆志”两种方法，才能得到比较切合原意的结论。后来。尽管说法不同，但大体不出这个范围。两者之中，“知人论世”，似乎又是前提；时至今日，分析作品往往先要探讨作者生平、创作背景等等，就是明证。但要真正了解诗人的深刻用心，有时涉及的面要宽广得多，前人流传“不读万卷书，不行万里路，不能读杜诗”的名言，虽然难免有点过甚其词，但读诗词者，见闻越广博，理解越深刻，大约不会有错。



要做到这一点，并不容易。宋朝人注宋朝人诗集，如施元之注苏东坡诗，李壁注王荆公诗，任渊、史容注黄山谷诗，任渊注陈后山诗等，很受后人重视，就是因为他们都能熟悉所注诗人的经历和朝章制度、风俗人情，确实能帮助读者知人论世。看似一句平常的诗，你如果对背景了解透一些，理解就深一层。下面陆放翁和范石湖对几句苏诗的讨论是人们熟知的：

> 某顷与范公至能会于蜀，因相与论东坡诗，慨然谓予：“足下当作一书，发明东坡之意，以遗学

者。”某谢不能。他日又言之。因举二三事以质之曰:“‘五亩渐成终老计,九重新扫旧巢痕’,‘遥知叔孙子,已致鲁诸生’当若为解?”至能曰:“东坡窜黄州,自度不复收用,故曰‘新扫旧巢痕’;建中初,复召元祐诸人,故曰‘已致鲁诸生’,恐不过如此耳。”某曰:“此某之所以不敢承命也。昔祖宗以三馆养士,储将相材,及官制行,罢三馆。而东坡盖尝值史馆,然自谪为散官,削去史馆之职久矣。至是史馆亦废,故云‘新扫旧巢痕’。其用字之严如此。而‘凤巢西隔九重门’,则又李义山诗也。建中初,韩、曾二相得政,尽收用元祐人,其不召者,亦补大藩。惟东坡兄弟犹领官祠。此句盖寓所谓‘不能致者二人’,意深语缓,尤未易窥测。至如‘车中有布乎’指当时用事者,则犹近而易见。‘白首沉下吏,绿衣有公言’,乃以侍妾朝云尝叹黄师是仕不进,故此句之意,戏言其上僭。则非得于故老,殆不可知。必皆能知此,然后无憾。”至能亦太息曰:“如此,诚难矣。”(《渭南文集》卷一五《施司谏注东坡诗序》)

陆游对东坡这几句诗的理解,对我们读诗词有很大启发。看似寻常的诗句,却往往有很深的内涵。如果不了解当时的情况,就很难理解得深透。这里用典是一个重要方面,另有专章论述。本文着重谈谈拓宽各方面的知识领域问题。

今天的画师,非常受人尊重,能够自称画师,是很光荣的。但在唐代却又当别论。王维有两句自况的诗:“当代谬词客,前身应画师。”乍读起来觉得无甚奇特。如果我们读过张彦远《历代名画记》卷九关于阎立本的事,就会有不同的体会:

> 《国史》云:太宗与侍臣泛游春苑。池中有奇鸟,随波容与。上爱玩不已,召侍从之臣歌咏之。急诏立本写貌。阁内传呼:“画师阎立本。”立本时已为主爵郎中,奔走流汗,俯伏池侧,手挥丹素,目瞻坐宾,不胜愧赧。退,戒其子曰:“吾少好读书属词,今独以丹青见知,躬厮役之务,辱莫大焉。尔宜深戒,勿习此艺。”然性之所好,终不能舍。及为右相,与左相姜恪对掌机务。恪曾立边功,立本惟善丹青。时人谓《千字文》语曰:“左相宣威沙漠,右相驰誉丹青。”言并非宰相器。

张彦远还为此大发感慨说:

> 阎令虽艺兼绘事,时已位列星郎。况太宗皇帝洽近侍有拔貂之恩,接下臣无撞郎之急,岂得直呼画师,不通官籍?至于驰名丹青,才多辅佐。以阎之才识,亦谓厚诬。浅薄之俗,轻艺嫉能,一至于此,良可於悒也!

不管是阎立本还是张彦远,都认为称官是光荣的,有官职而被呼为“画师”,这是一种侮辱。然而王维却将“词客”(文学属词之士)看得不如“画师”,以“前身应画师”而自豪，这在只重官爵看轻技艺的封建官场中，无疑是对世俗观念的挑战。这样我们对王维这句诗乃至他的个性的理解就会有所深化。

从“画师”这个称谓着眼，我们对杜甫有关郑虔的几首诗的深刻用心，也会有所发现。在《醉时歌》里，杜甫激赏郑的才德，而为他受冷遇不平：

诸公衮衮登台省，广文先生官独冷；甲第纷纷厌粱肉，广文先生饭不足。先生有道出羲皇，先生有才过屈宋。德尊一代常坎轲，名垂万古知何用！

通篇只字未提郑虔能画。而在《送郑十八虔贬台州司户伤其临老陷贼之故阙为面别情见于诗》却突出郑虔“画师”的身份：

郑公樗散鬓成丝，酒后常称老画师。万里伤心严谴日，百年垂死中兴时。苍惶已就长途往，邂逅无端出饯迟。便与先生应永诀，九重泉路尽交期。

这首七律是杜甫的名篇，前人评为“纯是泪点，都无墨痕”。“老画师”三字实为关键，这里包含无限惋惜之情，想为郑虔开脱：他是以画师自居，不算正经官员。在国家中兴之时，老病垂死之日，还要严谴远贬万里，未免太重了。了解阎立本的事迹，才能深入领会杜甫这句诗的潜台词。到《八哀诗》写郑虔时，又不再突出“画师”：

荥阳冠众儒，早闻名公赏。地崇士大夫，况乃气精爽！天然生知资，学立游夏上……神翰固不

一六

一，体变钟兼两。文传天下口，大字犹在榜。昔献书画图，新诗亦俱往。沧洲动玉陛，寡鹤误一响。三绝自御题，四方尤所仰。

这是对郑虔的盖棺论定，强调他各方面的修养，艺术方面强调唐玄宗所称赏的“三绝”而不单说“画师”。把这三首关于郑虔的诗放在一起研读，联系阎立本、张彦远的牢骚，杜甫第二首诗“酒后常称老画师”的难言之隐，就易于领会了。

唐朝各种艺术的发展都达到相当的水平，一个伟大的诗人，对各种艺术都该有所了解。杜甫诗里题画，不管是画马、画鹰、画松、画山水，都有许多精彩的名世之作。《观公孙大娘弟子舞剑器行》对舞蹈动作和效果的精彩描写，千载而下，读起来还有点亲临其境的感觉。如果没有对艺术的深刻领会，不可能写得那么精彩动人，而读这首诗如果对唐代乐舞一无所知。就会把“舞剑器”当成“舞剑”，差之毫厘，谬以千里了。

杜甫《李潮八分小篆歌》有句名言：“书贵瘦硬方通神。”苏东坡《孙莘老求墨妙亭诗》却加以反驳：“杜陵评书贵瘦硬，此论未公吾不凭。短长肥瘦各有态，玉环飞燕谁敢嗔！”苏东坡的观点较之杜老圆通得多。除了苏东坡在书法上的成就远远超出杜甫外，两人的观点又各有其背景。有人说盛唐气象一切都以丰硕为美，如果从图画的仕女和马来看，确实如此。但从书法来看，却大为不然。唐朝前期欧、虞、褚、薛都以瘦劲见长，所以杜甫说“书贵瘦硬方通神”。而从“颜公变法出新意”(前引东坡诗)之后,书体肥瘦杂陈,苏东坡又喜徐浩、杨凝式和李建中等人书法,所以不拘于瘦劲。我们有了一点书体变化的知识,对杜甫和苏轼这两首诗的理解就会深刻得多。

音乐在诗歌中也是比较常见的题材。白居易的《琵琶行》对琵琶技艺的描写可谓淋漓尽致,古今已有定评。韩愈《听颖师琴》“昵昵儿女语,恩怨相尔汝;划然变轩昂,勇士赴敌场”云云,在宋朝却引起一场争论。苏东坡最初认为这首诗是唐琴诗中最出色的,欧阳修却认为“此只是听琵琶耳”。苏后来同意老师的意见。其后三吴僧义海,以琴名世,认为欧阳修的话完全外行。他具体分析韩诗句句写的“皆指下丝声妙处,惟琴为然”(见《苕溪渔隐丛话前集》卷一六引《西清诗话》)。如果义海不是深于琴,就不可能发掘出韩诗的义蕴;我们如果对音乐一无所知,也无法欣赏这类题材的诗词。所以懂得一些有关的艺术知识对欣赏诗词必不可少。

罗隐的《感弄猴人赐朱绂》讽刺辛辣:

十二三年就试期,五湖烟月奈相违。何如买取猢狲弄,一笑君王便着绯?

我们如果和《容斋随笔》卷一《唐人重服章》对读,那体会又将深刻得多:

唐人重服章,故杜子美有“银章付老翁”,“朱

一六

绂负平生”,“扶病垂朱绂”之句。白乐天诗言银绯处最多,七言如:“大抵着绯宜老大”,“一片绯衫何足道”,“暗淡绯衫称我身”,“酒典绯花旧赐袍”,“假着绯袍君莫笑”,“腰间红绶系未稳”,“朱绂仙郎白雪歌”,“腰佩银龟朱两轮”,“便留朱绂还铃阁”,“映我绯衫浑不见”,“白头俱未着绯衫”,“绯袍着了好归田”,“银鱼金带绕腰光”,“银章暂假为专城”,“新授铜符未着绯”,“徒使花袍红似火”,“似挂绯袍衣架上”。五言如:“未换银青绶,惟添雪白须”,“笑我青袍故,饶君茜绶新”,“老逼教垂白,官科遣著绯”,“那知垂白日,始是著绯年”,“晚遇何足言,白发映朱绂”,至于形容衣鱼之句,如:“鱼缀白金随步跃,鹄衔红绶绕身飞”。

我们了解唐人如此重视朱绂,那末耍猴儿的只要逗得君王一笑便得到朱绂的赏赐,可见朝纲紊乱到了何等地步。这首诗正是深刻讽世,而不仅是个人的牢骚。做官而能佩鱼,也是十分荣耀的事,值得羡慕。杜甫《何将军山林》中描写主人“银甲弹筝用,金鱼换酒来”,对照当时的习俗,才更深刻地领会到主人公脱俗出尘的襟怀。贺知章见到李白解金龟换酒,在当时的背景下,李白的才华,贺老的爱贤和脱俗,都通过这个解金龟换酒的细节表现出来,显得更为难得。

唐人重服章,宋人又何尝不然?为了摆威风,有人发出"眼前何日赤，腰下几时黄"的慨叹。了解这种做官的心态，我们再欣赏苏东坡〔定风波〕词：

莫听穿林打叶声。何妨吟啸且徐行。竹杖芒鞋轻胜马。谁怕？一蓑烟雨任平生。　料峭春风吹酒醒。微冷。山头斜照却相迎。回首向来萧瑟处。归去。也无风雨也无晴。

这首词表现出东坡随遇而安的坦荡襟怀。郑文焯评说："此足征是翁坦荡之怀，任天而动。句亦瘦逸，能道眼前景，以曲笔直写胸臆，倚声能事尽之矣。"今人刘永济先生赞其"能于不经意中见其性情学养"。这些评论当然很精到，我认为还可以当时作官的心态对照"竹杖芒鞋"、"一蓑"等看出他视官服如敝屣的出尘之趣，对东坡的性情学养体会就更具体。正因为如此，后来《东坡笠屐图》传为千秋佳话。

张继"姑苏城外寒山寺，夜半钟声到客船"的诗句，万口传诵。自欧阳修以为夜半不是打钟时以后，许多人引经据典，辨夜半钟为江南常有（参见《苕溪渔隐丛话前集》卷二三《半夜钟》条）。其实，如果对佛教有所了解，夜半鸣钟施食，是常规功课，这类辩论就是十足的外行话。又如韦应物《宿永阳寄璨律师》首句"遥知郡斋夜"，有的选本把"郡斋"变成"寻斋"。和尚寻斋即指找吃的。这首诗题目写明是璨律师。佛教称"律师"指修"律宗"，戒律极严，譬如过了中午就不吃东西，蜜汤都在禁饮之列。从宗教的意义上说，是免得饿鬼见了生嗔，加重罪孽，岂有夜间寻斋之理？

贾岛有两句诗：“独行潭底影，数息树边身。”他自己非常重视这两句诗，在下面注说：“二句三年得，一吟双泪流。知音如不赏，归卧故山秋。”我们看上两句诗好像并不奇特，比“流星透疏木，走月逆行云”还平淡些，为什么要费上三年的工夫呢？原来这两句从字面上看很平常，但“独行”、“数息”又都是佛教术语，潭底、树边都与佛教修行有牵连。所以他非常得意这两句。如果没有一点佛教的常识，理解诗词会增加许多障碍。到严沧浪等以禅论诗，就更加需要这方面的常识了。

温庭筠《经五丈原》是一首名诗：

> 铁马云雕久绝尘，柳营高压汉营春。天清杀气来关吉，夜半妖星照渭滨。下国卧龙空寤主，中原得鹿不由人。象床宝帐无言说，从此谯周是老臣。

杨慎《升庵诗话》卷六记载一首悼念诸葛亮的诗，有人甚至说超过杜甫，全诗如下：

> 剑江春水绿沄沄，五丈原头日又曛。旧业未能归后主，大星先已落前军。南阳祠宇空秋草，西蜀关山隔暮云。正统不惭传万古，莫将成败论三分。

这两首不同时代的作品，提到诸葛亮之死，都使用“星”，这和诸葛亮死前有大星坠地的传说有关。但一些诗词,提到大将,也都欢喜提到星。如张为《渔阳将军》:“霜髭拥颔对穷秋,著白貂裘独上楼。向北望星提剑立,一生长为国家忧。”苏轼〔江城子〕《密州出猎》结尾说:“会挽雕弓如满月,西北望,射天狼。”上首写老将夜夜“望星”,苏轼讲为国杀敌,却说“射天狼(星)”。为什么要这样措词呢?

原来古人把星象和人事联在一起,哪里星象异常,就表示要出事。大将所谓“仰面识天文”,就指的这些。严光睡觉时把脚放到汉光武帝的肚子上,太史就奏“客星犯帝座”;陈仲弓从诸子侄去拜访荀季和父子,于是天上“德星聚”,太史奏“五百里内有贤人聚”。这些在今天看来是“天方夜谈”,但古人诗词中却经常出现。如果我们对这方面一无所知,有些诗词的深刻含义就会被忽略了,如张先〔定风波令〕:

> 西阁名臣奉诏行。南床吏部锦衣荣。中有瀛仙宾与主。相遇。平津选首更神清。　　溪上玉楼同宴喜。欢醉。对溪杯叶惜秋英。尽道贤人聚吴分。试问。也应旁有老人星。

这最后几句,用的“五百里内贤人聚”的说法,“老人星”在这儿表面上好像只说苏轼他们五人风华正茂,自己一个老人凑在里面。但如果我们有点“老人星”的知识,理解就很不一样。老人星是瑞星,孙氏《瑞应图》说:“王者承天,则老人星临其国。”所以如果老人星出

## 一六

现了,臣下都要祝贺(见《艺文类聚》卷一)。张子野在这里还含有歌颂时世太平才会有此聚会之意。

李贺的《雁门太守行》是首名诗:

> 黑云压城城欲摧,甲光向日金鳞开。角声满天秋色里,塞上胭脂凝夜紫。半卷红旗临易水,霜重鼓寒声不起。感君黄金台上意,提携玉龙为君死。

短短八句,却颇不易贯通。王安石就批评前两句说:“是儿误矣。方黑云压城时,岂有向日之甲光也?”从字面上去看,八句诗处处有矛盾。但如果联系星象知识,就可贯通一气。王琦以为“盖咏中夜出兵,乘间捣敌之事”。对开头两句注说:

> 又《隋书·长孙晟传》曰:臣夜登城楼,望见碛北有赤气长百余里,皆如雨足,下垂被地。谨验兵书,其名洒血,其下之国,必且破亡。欲灭匈奴,正在今日。引此为解似更确。

敌人那儿出现“洒血”征兆,所以乘间夜袭,必能成功。后四句都写夜袭时战士所感,这样八句诗就容易贯通一气了。

古今习俗有很大差异,如果以今例古,想当然地加以发挥,就会被内行人所窃笑。拿婚姻男女来说,南宋以前,对寡妇或弃妇再嫁是不犯忌讳的。如汉光武帝姊湖阳公主新寡,汉光武主动为她介绍宋弘,但被宋弘拒绝了。范仲淹父亲死后，母亲改嫁朱氏，范仲淹也跟着改姓朱。后来中了进士，要求归宗，但对朱家异父兄弟一直很好。陆放翁的前妻唐氏为母夫人所不容，被逐以后却嫁了皇族宗室。如果以明清以后眼光来看，《孔雀东南飞》的主人公兰芝被婆婆赶走，决无太守之子热切求婚之理，陆游《沈园》二首也就写不出来了。从婚姻礼俗来看，前代比今天复杂得多。杜甫《新婚别》中的新嫁娘，明明已经过门了，“暮婚晨告别”，但却说：“妾身未分明，何以拜姑嫜？”今天领了结婚证，新娘到了婆家，身份不就明确了吗？怎么还说“妾身未分明”呢？原来古人“妇人嫁三日，告庙上坟，谓之成婚”，婚礼要三天才完成，新妇才能称公婆。不了解这一礼俗，这首诗就无法理解。

唐宋人做地方官的，可以召乐妓侑酒，那时所谓“官妓”、“营妓”是指歌舞，和明清的娼妓不同。明清官员如果公开狎妓，就要受到弹劾。朱彝尊词说：“老去填词，一半是空中传恨，几曾围燕钗蝉鬓？”宋代词人写这方面生活却不需要打掩护。

一些民间观念，也往往有南北古今的差异。举个小例子。今天听到喜鹊叫，都很欢迎；听到乌鸦叫，就产生厌恶，认为倒霉。但黄山谷诗里“惊闻庭树乌乌乐，知我江湖鸿雁归”（《喜见念四念八至京》），“慈母每占乌鹊喜，家人应赋《扊扅歌》”（《次韵王稚川客舍二首》），杜甫的

《得舍弟消息》也说"浪传乌鹊喜,深负《鹡鸰诗》",把乌鸦和喜鹊一例看成吉祥之物。我们如果看过《容斋续笔》卷三《乌鹊鸣》一则,就不会惊怪了。

北人以乌声为喜,鹊声为非。南人闻鹊噪则喜,闻乌声则唾而逐之,至于弦弩挟弹,击使远去。《北齐书》:奚永洛与张子信对坐,有鹊正鸣于庭树间,子信曰:"鹊言不善,当有口舌事。今夜有唤,必不得往。"子信去后,高俨使召之,且云敕唤,永洛诈称堕马,遂免于难。白乐天在江州,《答元郎中杨员外喜乌见寄》曰:"南宫鸳鸯地,何忽乌来止。故人锦帐郎,闻乌笑相视。疑乌报消息,望我归乡里。我归应待乌头白,惭愧元郎误欢喜。"然则鹊言固不善,而乌亦能报喜也。



杜甫是河南人,黄庭坚是江西人,一北一南,为什么都把"乌鹊"当作报喜之物呢?这恐怕与书面对仗有关,反正乌报喜、鹊报喜,在书上都有根据,就不妨合在一起用。冯延巳是南唐人,他就用鹊报喜之说,如〔谒金门〕:

风乍起。吹皱一池春水。闲引鸳鸯香径里。手挼红杏蕊。　　斗鸭阑干独倚。碧玉搔头斜坠。终日望君君不至。举头闻鹊喜。

再如无名氏的〔鹊踏枝〕:

叵耐灵鹊多谩语。送喜何曾有凭据？几度飞来活捉取。锁上金笼休共语。　比拟好心来送喜。谁知锁我在金笼里。欲他征夫早归来，腾身却放我向青云里。

从鹊报喜来看，作者当是南方人。

离别是诗词中常见的题材，也有南北习俗之别。王勃《送杜少府之任蜀川》：

城阙辅三秦，风烟望五津。与君离别意，同是宦游人。海内存知己，天涯若比邻。无为在歧路，儿女共沾巾。

这首诗后半尤为传诵，很显然受曹植《赠白马王彪》影响，“丈夫志四海，万里犹比邻。恩爱苟不亏，在远分日亲。何必同衾帱，然后展殷勤。忧思成疾疢，无乃儿女仁”。我们读了《颜氏家训·风操》，才体会还有北人习俗在：

别易会难，古人所重。江南饯送，下泣言离……北间风俗，不屑此事。歧路言离，欢笑分首。

王勃是山西人，这首送别诗正表现北人风俗不屑于“下泣言离”的特色。高适是河北人，一些送别诗也表现这种北方刚劲之气，如《送董大》：

千里黄河白日曛，北风吹雁雪纷纷。莫愁前路无知己，天下何人不识君！

## 一六

有些诗词里悬而不决的问题,就字面讨论,愈说愈支离,如果验之于生活,往往迎刃而解。如李义山《春雨》诗“红楼隔雨相望冷,珠箔飘灯独自归”,“珠箔飘灯”前人笺注泥住“珠箔”字面,喋喋不休。而人民文学出版社《唐诗选》注说:“箔,帘子。人行雨中,细雨飘落在手中的灯前,好像珠帘。”(第298页)这就比前人注解高强得多,因为提出这个解释的同志有幼年雨中提灯行走的经验。

白居易的《缭绫》:“丝细缲多女手疼,札札千声不盈尺。”前引那本书这样注:“缲,抽茧出丝,亦作‘缫’;札札,织机声;盈,满。”(第170页)几乎所有选本都是这样注。但仔细一推敲,觉得很不妥帖。这首诗整个写织缭绫的辛苦,根本未言缫丝。这两句也是说织绫的艰难。丝细和缲多是相同的结构,把缲字当动词用,语句也别扭。如果指缫丝动作,应说“丝细缫难”还合理些。二十多年前,我每讲到这里总觉得别扭。一位听课的同志,幼年曾做过织绸女工。她告诉我,浙江一带织丝绸,丝接头的地方常有疵点,叫“毛缲头”,必须用手指逐一拣掉,非常吃力。我因此恍然,这句诗中的“缲”,就是她说的“毛缲头”。“丝细”,所以“缲多”,而拣起来非常吃力,所以“女手疼”,文从字顺。白居易曾经在浙江为官,采用这个当地术语入诗也在情理之中。“礼失而求诸野”,有些地方保存着古代某些方面的知识,对我们理解诗词，会有意想不到的帮助。

陆放翁教子：“尔果欲学诗，工夫在诗外。”近人况周颐《蕙风词话》说：“词中求词，不如词外求词。”这里所谓“诗外”、“词外”，当然内涵很广，道德修养、人生志趣、世间阅历等等都在其中，但最重要的恐怕还是要多读书。杜甫说：“读书破万卷，下笔如有神。”况氏又说：“词外求词之道，一曰多读书，二曰谨避俗。”《蕙风词话》谈到作词的甘苦说：

> 填词之难，造句要自然，又要未经前人说过。自唐、五代已还，名作如林，那有天然好语，留待我辈驱遣？必欲得之，其道有二：曰性灵流露，曰书卷酝酿。性灵关天分，书卷关学力。学力果充，虽天分少逊，必有资深逢源之一日，书卷不负人也。中年以后，天分便不可恃；苟无学力，日见其衰退而已。江淹才尽，岂真梦中人索还锦囊耶？

从创作诗词看，知识越多越好；从理解诗词看，知识积累愈深，对诗词理解愈透。束书不观，不做知识的开掘与积累工作，单凭一时的“灵感”去读诗词，虽然常常有一些石破天惊的妙论，但那往往经不起推敲。因此，“以意逆志”必须以“知人论世”为基础，而所谓知人论世，不能只局限于千篇一律、浮光掠影的时代背景、作家生平，浅尝辄止，而应该尽可能了解广一些，才能开掘深一层。

## 一七、言尽象中　义隐语外

### ——遮与表

佛家术语，有遮诠、表诠之说。空宗强调遮诠，谓遣其所非；性宗强调表诠，即是直观当体，显其所觉。佛家的争论远非门外汉所能判断，但借用遮、表来理解诗词常用的两种表现手法，却很方便。把该说的有意隐去，借助已说的使人想象得之，便是遮。李清照〔凤凰台上忆吹箫〕上阕云：

> 香冷金猊，被翻红浪，起来人未梳头。任宝奁闲掩，日上帘钩。生怕闲愁暗恨，多少事，欲说还休。今年瘦，非干病酒，不是悲秋。

这上阕说来说去"非干病酒，不是悲秋"，却隐去"怀人"的中心，使读者可以猜出来。

> 少年不识愁滋味，爱上层楼。爱上层楼。为赋新词强说愁。　　而今识尽愁滋味，欲说还休。欲说还休。却道"天凉好个秋"。（辛弃疾〔丑奴儿〕）

这比上举李词又复杂一些。因为不能简单地把他愁的内容表述出来，但读起来总觉得无限愁思，既难宣泄，更难排遣。不说比说的作用更大。孔夫子在教育门弟子时已强调过无言之教。《论语·阳货》：

子曰："予欲无言。"子贡曰："子如不言，则小子何述焉？"子曰："天何言哉？四时行焉，百物生焉，天何言哉？"

这里启发学生们体认宇宙规律，顺乎自然，"欲无言"比千言万语还强。诗人们常用这种隐而不说的"无言"来拓宽表达的境界，供人想象。

自古逢秋叹寂寥，我言秋日胜春朝。凌空一鹤排云上，便引诗情到碧霄。（刘禹锡《秋词》）

朝来庭树有鸣禽，红绿扶春上远林。忽有好诗生眼底，安排句法已难寻。（陈与义《春日》）



刘禹锡的"诗情"，陈与义的"好诗"都没有表出来而遮隐语外，却引人遐想，比表出来更耐体味。辛弃疾〔摸鱼儿〕结尾处："闲愁最苦。休去倚危栏，斜阳正在，烟柳断肠处。"

"闲愁最苦"一点便收，却给人苍茫不尽的感觉，这就是"遮"的妙用。不妨这样认为：凡是不便明说、难于说清的地方，用遮法就能收到意想不到的效果。有时候必须用表法，如老杜从秦州入蜀的大量纪行诗，山川异态，非亲历者不能想象，必须不厌其详加以表述。举其中《飞仙阁》的前半写栈道为例：

土门山行窄，微径缘秋毫。栈云阑干峻，梯石结构牢。万壑欹疏松，积阴带奔涛。寒日外淡泊，

## 一七

长风中怒号。歇鞍在地底，始觉所历高。

韩愈的《南山诗》对终南山刻画尽致，可以算用表诠最充分的例证。在纪行诗中，如果是独特的景观，就该用表诠。老杜《北征》中间记路途野果："山果多琐细，罗生杂橡栗。或红如丹砂，或黑如点漆。"这就使读者具体感受到途中景物。凡前人未写过的独特景物，应以表为主。如果遇到习见的内容，前人名句名篇久已脍炙人口，再用表诠就很难出色，不妨改用遮诠来另辟蹊径。譬如洞庭湖岳阳楼的景观，孟浩然"气蒸云梦泽，波撼岳阳城"、杜甫"吴楚东南坼，乾坤日夜浮"、刘长卿"叠浪浮元气，中流没太阳"、陈与义"登临吴蜀横分地，徙倚湖山欲暮时"、"楼头客子杪秋后，日落君山元气中"、"晚木声酣洞庭野，晴天影抱岳阳楼"。这些名句早已家喻户晓，再写这个题目，几乎难于下笔。南宋诗人萧德藻的《登岳阳楼》就借用遮诠别开生面：

> 不作苍茫去，真成浪荡游。三年夜郎客，一柁洞庭秋。得句鹭飞处，看山天尽头。尤嫌未奇绝，更上岳阳楼。

题目是登岳阳楼，写的全是登楼前的所感所见。"得句鹭飞处，看山天尽头"，不是洞庭烟波之浩渺无此感受，对一般人说是奇观了，作者却用"尤嫌未奇绝"一抑，逼出"更上岳阳楼"来点出题目。至于登楼以后之所见所感完全遮隐，让读者展开想象，这样一遮就在前人写洞庭岳阳之外，别开空灵一路。

受了这首诗的启发，1990 年我在雨中登岳阳楼，什么景物也看不见，于是写首绝句：

杜诗范记光千古，应有威神护此楼。笑我枯肠无俊语，尽将烟景雨中收。

利用杜甫《登岳阳楼》诗、范仲淹《岳阳楼记》的精彩语言作为遮隐的内容供人想象，比自己搜尽枯肠去琢句效果要好得多。

游雁荡山，见到剪刀峰、木笔峰、啄木峰、懒熊峰和石帆峰，实际只是一处，因为看的角度不同而呈现不同形态。这是奇特景观，但不像岳阳楼、黄山天都峰那样驰名，游客也不是很多，不直接表述读者会莫名其妙。我和上一首采用完全不同的方式：

剪刀成笔卓虚空，啄木须臾又化熊。移步换形山有意，殷勤归送满帆风。

两首诗都很平常，意在表明不同情况采用遮表两种不同手法都有助于表达。在欣赏古人长篇作品时如果前后所写内容有所重叠，作者也往往是采用两种手法，一般应是先表后遮。白居易《琵琶行》对琵琶弹技的描写，可作为例子：

白居易之死，帝（宣宗）以诗吊之曰："缀玉联珠六十年，谁教冥路作诗仙。浮云不系名居易，造化无为字乐天。童子解吟《长恨》曲，胡儿能唱《琵

一七

琶》篇。文章已满行人耳，一度思卿一怆然。（《唐诗纪事》卷二）

就白居易七古长篇而言，《长恨歌》与《琵琶行》都是传诵人口的名篇，我以为《琵琶行》更出色。因为唐代琵琶技艺极盛，这一篇刻画之细腻，可以说直接写音乐的诗篇无与伦比。撇开前面的气氛渲染和铺垫，只看出场弹奏那部分：

千呼万唤始出来，犹抱琵琶半遮面。转轴拨弦三两声，未成曲调先有情。弦弦掩抑声声思，似诉平生不得志。低眉信手续续弹，说尽心中无限事。轻拢慢撚抹复挑，初为《霓裳》后《六幺》。大弦嘈嘈如急雨，小弦切切如私语。嘈嘈切切错杂弹，大珠小珠落玉盘。间关莺语花底滑，幽咽泉流冰下滩。冰泉冷涩弦凝绝，凝绝不通声暂歇。别有幽情暗恨生，此时无声胜有声。银瓶乍破水浆迸，铁骑突出刀枪鸣。曲终收拨当心画，四弦一声如裂帛。东船西舫悄无言，唯见江心秋月白。

这一段共二十四句写琵琶技艺之工，先用六句概述，“低眉信手”，纯熟可想，“未成曲调先有情”，“似诉平生不得志”，“说尽心中无限事”，可见伤心人别有怀抱，正借音乐倾泻。“轻拢”起十六句正面详写演奏之精彩，拢撚抹挑手法纯熟，《霓裳》、《六幺》名曲迭呈，音乐节奏本难用言语描摹，而作者却能通过语言之音韵重迭及各种生动形象之比喻，将演奏之工绘声绘色曲尽形容，使读者如亲临其境，闻其妙音。“嘈嘈”、“切切”、“急雨”、“私语”，如玉盘泻珠，耳目不暇接，又忽如花底莺语之轻滑，冰下泉流之冷涩。渐涩渐止，其声暂歇，牵人情思。“别有幽情暗恨生，此时无声胜有声”，刚疑低沉弦绝，忽又高响入云，“银瓶乍破水浆迸，铁骑突出刀枪鸣”，动人心魄，“四弦一声如裂帛”，倏又戛然而止。层次分明，繁而有序，先大弦，后小弦，再交错弹奏，最后四弦齐收。“东船西舫悄无言”，尽为乐声所吸引，无以为怀，不知所措，“唯见江心秋月白”，忽然收入景物之中，令人含思不尽。

这第一次演奏表得如此细腻周详，而第二次演奏时，作者一共只用六句：

> 感我此言良久立，却坐促弦弦转急。凄凄不似向前声，满座重闻皆掩泣。座中泣下谁最多？江州司马青衫湿。

因为有前一次的尽情表述，这一次只从演奏效果来写，让人从前一次的表述领会此番的精彩，以遮为表，同样感人。了解这两种手法相反相成的特点，对欣赏对写作都会有所帮助。

## 一八、境因情而生成　情借境而深化
### ——梦与诗

梦是人类高级思维的活动。心理学家作了极细致的分析研究和科学实验，也还不能说已经弄清楚它的实质。古代人把梦和现实生活联系在一起，来占其吉凶。《汉书·艺文志》说：

> 众占非一，而梦为大，故周有其官。（师古曰：谓太卜掌三梦之法，又占梦中士二人，皆宗伯之属官。）

《尚书》、《诗经》里都有梦的记载，如《小雅·无羊》：

> 牧人乃梦，众维鱼矣，旐维旟矣，大人占之：众维鱼矣，实维丰年。旐维旟矣，室家溱溱。

这里提到梦，是第三者的叙述不是诗人的主观抒情。

《左传》成公十七年：

> 初，声伯梦涉洹，或与己琼瑰食之，泣而为琼瑰盈其怀，从而歌之曰："济洹之水，赠我以琼瑰，归乎，归乎，琼瑰盈吾怀乎？"惧不敢占也，还自郑，壬申至于狸脤而占之，曰："予恐死，故不敢占也。今

众繁而从予三年矣，无伤也。”言之之莫而卒。

这可能是梦中作诗较早的例子。感梦而为诗要算孔夫子了。《礼记·檀弓上》：

> 孔子早作，负手曳杖，消摇于门，歌曰：“泰山其颓乎？梁木其坏乎？哲人其萎乎？”既歌而入，当户而坐。子贡闻之，曰：“泰山其颓，而吾将安仰？梁木其坏，哲人其萎，则吾将安放？夫子殆将病也。”遂趋而入，夫子曰：“赐，尔来何迟也！夏后氏殡于东阶之上，则犹在阼也。殷人殡于两楹之间，则与宾主夹之也。周人殡于西阶之上，则犹宾之也。而丘也，殷人也，予畴昔之夜，梦坐奠于两楹之间。夫明王不兴，而天下其孰能宗予？予殆将死也。”盖寝疾七日而没。

唐玄宗《经鲁祭孔子而叹之》结尾说“如今两楹奠，想与梦时同”，就是指这件事。

这两则虽然与诗有关，但仍未离占梦的范畴。日有所思，夜有所梦，梦因想而成，在前期真正从抒情角度写梦，如《古诗十九首》：

> 凛凛岁云暮，蝼蛄夕鸣悲。凉风率已厉，游子寒无衣。锦衾遗洛浦，同袍与我违。独宿累长夜，梦想见容辉。良人惟古欢，枉驾惠前绥。愿得常巧笑，携手同车归。既来不须臾，又不处重闱。亮无晨风翼，焉能凌风飞。眄睐以适意，引领遥相睎。

徙倚怀感伤，垂涕沾双扉。

中间的梦是由想而来。短暂的梦境又从而深化无尽的思念。后世诗人用梦来写刻骨的相思，李、杜、元、白都有突出的梦例。李白因为参加永王璘的幕府，后来被论从逆，由于郭子仪的全力请求，才免死长流夜郎，只到四川东部就遇赦放归了。杜甫并不知道放归的消息，还以为李白就在瘴疠之区。他梦见李白，写了《梦李白二首》（全诗详见本书159页）。这两首诗，作为写梦境表现对老友的无限惦念之情，其分量之重应是无与伦比。高步瀛《唐宋诗举要》引陆时雍评说："是魂是人，是真是梦，都觉恍惚无定，亲情苦意，无不备极，真得屈《骚》之神。"

不说己之梦友，而言友魂入梦，从对方着笔，以梦抒情诗中，多有此种。如元稹《长滩梦李绅》：

独吟孤寝意千般，合眼逢君一夜欢。惭愧梦魂无远近，不辞风雨到长滩。

元白深交在梦中为诗，《唐诗纪事》卷三十七：

稹元和四年为刺史，鞫狱梓潼，乐天昆仲送至城西而别。后旬日，昆仲与李侍郎建闲游曲江及慈恩寺，饮酣作诗曰："花时同醉破春愁，醉折花枝作酒筹。忽忆故人天际去，计程今日到梁州。"后旬日，得元书，果以是日至褒，仍寄诗曰："梦君兄弟曲江头，也到慈恩寺里游。驿吏唤人排马去，忽惊身在古梁州。"千里魂交，若合符契。自有《感梦记》备叙其事。

《诗话总龟》有《纪梦门》两卷，大量记载梦中作诗的事，活灵活现。姑举拙校本卷三十六一例：

东坡将亡前数日，梦中作一诗寄朱行中云："舜不作六器，谁知贵璵璠。哀哉楚狂士，抱璞号空山。相如起睨柱，投璧相与还。何如郑子产，有礼国自闲。虽微韩宣子，鄙夫亦辞环。至今不贪宝，凛然照尘寰。"觉而记之，自不晓所谓。东坡绝笔也。（《王直方诗话》）

梦中作诗，在前人诗集中几乎无集无之。赵翼《瓯北诗话》曾说陆游集里多达九十九首。梦与现实关系错综复杂，扑朔迷离。如下诗，《六月二十日夜分，梦范致能、李知几、尤延之同集江亭，诸公请予赋诗，记江湖之乐，诗成而觉，忘数字而已》：

露箬霜筠织短篷，飘然来往淡烟中。偶经菱市寻溪友，却拣蘋汀下钓筒。白菡萏香初过雨，红蜻蜓弱不禁风。吴中近事君知否，团扇家家画放翁。

梦与现实的错位，实在难于清理。《庄子·齐物论》最后一节有一段非常精彩的叙述，后人经常引用，我想用庄子这种观点，看待诗中的梦境，可能开拓出新的思路：

## 一八

昔者庄周梦为胡蝶,栩栩然胡蝶也。自喻适志与?不知周也。俄然觉,则蘧蘧然周也。不知周之梦为胡蝶与?胡蝶之梦为周与?周与胡蝶,则必有分矣。此之谓物化。

"庄生晓梦迷蝴蝶",这里将梦与真实的关系写得扑朔迷离,而却入情入理,在生活中有时梦境当成真境,真境反疑梦境。举杜诗为例:杜甫身陷贼中,奔赴行在,《述怀》中写出当时艰难:

去年潼关破,妻子隔绝久。今夏草木长,脱身得西走。麻鞋见天子,衣袖露两肘。朝廷悯生还,新故伤老丑。涕泪授拾遗,流离主恩厚。柴门虽得去,未忍即开口。寄书问三川,不知家在否。比闻同罹祸,杀戮到鸡狗。山中漏茅屋,谁复依户牖。摧颓苍松根,地冷骨未朽。几人全性命,尽室岂相偶。嵚岑猛虎场,郁结回我首。自寄一封书,今已十月后。反畏消息来,寸心亦何有。汉运初中兴,生平老耽酒。沉思欢会处,恐作穷独叟。

他没有想到获准回鄜州探家时,居然能和家人亲切会面。在《羌村三首》第一首写初到家情形:

峥嵘赤云西,日脚下平地。柴门鸟雀噪,归客千里至。妻孥怪我在,惊定还拭泪。世乱遭飘荡,生还偶然遂。邻人满墙头,感叹亦歔欷。夜阑更秉烛,相对如梦寐。

因为乱离，于是把真实怀疑成梦境，司实曙《云阳馆与韩绅宿别》前半：

故人江海别，几度隔山川。乍见翻疑梦，相悲各问年。

这是经历乱离之世久别之思的人都会有的感觉。更典型的如晏幾道〔鹧鸪天〕：

彩袖殷勤捧玉钟，当年拚却醉颜红。舞低杨柳楼心月，歌尽桃花扇影风。　　从别后，忆相逢。几回魂梦与君同。今宵剩把银釭照，犹恐相逢是梦中。

陈师道《示三子》：

去远即相忘，归近不可忍。儿女已在眼，眉目略不省。喜极不得语，泪尽方一哂，了知不是梦，忽忽心未稳。

明明知道不是梦，心里却不踏实，这就省去多少梦中相会醒后还空的叙述，和晏幾道异曲同工。

用梦境烘托友情还可举徐积《赠黄鲁直》：

不见故人弥有情，一见故人心眼明。忘却问君船泊处，夜来清梦绕西城。

一夜清梦都在西城遍寻无着，就把无尽思念全烘托出来了。苏东坡对庐山魂牵梦萦，初到庐山他写了庐山美景及自己的感受，也用梦来烘托：

## 一八

自昔怀清赏，神游杳霭间。如今不是梦，真个在庐山。

神游句就是以梦为衬，使人展开想象。

将梦境写得光怪陆离当推李白《梦游天姥吟留别》：

海客谈瀛洲，烟涛微茫信难求。越人语天姥，云霓明灭或可睹。天姥连天向天横，势拔五岳掩赤城。天台一万八千丈，对此欲倒东南倾。我欲因之梦吴越，一夜飞渡镜湖月。湖月照我影，送我至剡溪。谢公宿处今尚在，绿水荡漾清猿啼。脚著谢公屐，身登青云梯。半壁见海日，空中闻天鸡。千岩万壑路不定，迷花倚石忽已暝。熊咆龙吟殷岩泉，慄深林兮惊层巅。云青青兮欲雨，水淡淡兮生烟。列缺霹雳，丘峦崩摧。洞天石扉，訇然中开。青冥浩荡不见底，日月照耀金银台。霓为衣兮风为马，云之君兮纷纷而来下。虎鼓瑟兮鸾回车，仙之人兮列如麻。忽魂悸以魄动，恍惊起而长嗟。惟觉时之枕席，失向来之烟霞。世间行乐亦如此，古来万事东流水。别君去兮何时还，且放白鹿青崖间，须行即骑访名山。安能摧眉折腰事权贵，使我不得开心颜。

这中间梦境愈写得真，愈反映出富贵权势之虚幻无实，从而彻底否定世俗之追求。梦境的描写起了决定作用。

洪迈《容斋五笔》卷十《绝句诗不贯穿》：

> “夜凉吹笛千山月，路暗迷人百种花。棋罢不知人换世，酒阑无奈客思家。”此欧阳公绝妙之语，然以四句各一事，似不相贯穿，故名之曰《梦中作》。

同样以《梦中作》为题的名篇绝句还有蔡襄的一首，苏东坡写成《天际乌云帖》：

> 天际乌云含雨重，楼前红日照山明。嵩阳居士今何在，青眼看人万里情。

有了梦境，诗境更为丰富，抒写更为深沉，同时一些难言之隐可推之于梦中。梦因结想而成，想又借梦以深化。宋玉《高唐》、《神女》两赋写楚王梦神女之浪漫。其后纪梦诗中多写男女遇合，形同传奇。唐宋以后纪梦诗中此类亦占相当比重，读时不可忽略。

## 一九、同源异派　相辅相成

——画与诗

古人云，诗是有声之画，画是无声之诗。苏东坡说："味摩诘之诗，诗中有画；观摩诘之画，画中有诗。"他在诗里也说"诗画本一律，天工与清新"（《书鄢陵王主簿所画折枝》）。物象感发于内心，见于语言文字的叫诗，写于丹青水墨的就是画，两者同源而异派。所以古人常以画境来表诗境。《诗话》里引梅圣俞评诗的名言"状难写之景如在目前"，就是适例。后人习用的如"初日芙蕖"、"清水芙蓉"等都是以画境比诗境。以诗写画，以真衬画令人叫绝的，如杜甫《丹青引》写曹霸画马之超绝：

> 先帝天马玉花骢，画工如山貌不同。是日牵来赤墀下，迥立阊阖生长风。诏谓将军拂绢素，意匠惨淡经营中。斯须九重真龙出，一洗万古凡马空。玉花却在玉榻上，榻上庭前屹相向。至尊含笑催赐金，圉人太仆皆惆怅。

画马真马竟然无别，连养马者都为之叹息，可见画之神妙。《奉先刘少府新画山水障》一诗更是夺人心魄：

堂上不合生枫树，怪底江山起烟雾。闻君扫却赤县图，乘兴遣画沧洲趣。画师亦无数，好手不可遇。对此融心神，知君重毫素。岂但祁岳与郑虔？笔迹远过杨契丹。得非玄圃裂，无乃潇湘翻。悄然坐我天姥下，耳边已似闻清猿。反思前夜风雨急，乃是蒲城鬼神入。元气淋漓障犹湿，真宰上诉天应泣。野亭春还杂花远，渔翁暝踏孤舟立。沧浪水深清且阔，攲岸侧岛秋毫末。不见湘妃鼓瑟时，至今斑竹临江活？刘侯天机精，爱画入骨髓。自有两儿郎，挥洒亦莫比。大儿聪明到，能添老树巅崖里。小儿心孔开，貌得山僧及童子。若耶溪，云门寺，吾独胡为在泥滓？青鞋布袜从此始。



从画山水乱真写到画师本人，层层跌宕，最后诗人也融入画中，神游题外，篇中无数山水境地人物，纵横出没，莫测端倪。苏轼《书王定国所藏烟江叠嶂图》遥师此意：

江上愁心千叠山，浮空积翠如云烟。山耶云耶远莫知，烟空云散山依然。但见两崖苍苍暗绝谷，中有百道飞来泉。萦林络石隐复见，下赴谷口为奔川。川平山开林麓断，小桥野店依山前。行人稍度乔木外，渔舟一叶江吞天。使君何从得此本，点缀毫末分清妍。不知人间何处有此境，径欲往买二顷田。君不见武昌樊口幽绝处,东坡先生留五年!春风摇江天漠漠,暮云卷雨山娟娟。丹枫翻鸦伴水宿,长松落雪惊昼眠。桃花流水在人世,武陵岂必皆神仙?江山清空我尘土,虽有去路寻无缘。还君此画三叹息,山中故人应有招我归来篇。

从画之繁复清绝到自己看画而引起身世之感,忧来无端,令人叫绝。和杜作有相近处。以真境衬画境,为题画诗之常例,如果将真境进一步归到某一具体景点就更增加情趣。白居易《画竹歌》:

植物之中竹难写,古今虽画无似者。萧郎下笔独逼真,丹青以来惟一人。人画竹身肥臃肿,萧画茎瘦节节竦。人画竹梢死羸垂,萧画枝活叶叶动。不根而生从意生,不笋而成由笔成。野塘水边埼岸侧,森森两丛十五茎。婵娟不失筠粉态,萧飒尽得风烟情。举头忽看不似画,低耳静听疑有声。西丛七茎劲而健,省向天台寺前石上见。东丛八茎疏且寒,忆曾湘妃庙里雨中看。幽姿远思少人别,与君相顾空长叹。萧郎萧郎老可惜,手颤眼昏头雪色。自言便是绝笔时,从今此竹犹难得。

他把画的竹子坐实在“天台寺前石上”和“湘妃庙里雨中”。像景云的《画松》:“画松一似真松树,且待寻思记得无?曾在天台山上见,石桥南畔第三株。”也是用坐实的办法供人欣赏。

有的诗的本身就是画境，如苏轼《腊日游孤山访惠勤惠思二僧》开头："天欲雪，云满湖。楼台明灭山有无。水清出石鱼可数，林深无人鸟相呼。"这不就是一幅图画吗？诗境画境已经浑然为一。这样的例子可说俯拾即是。小诗就是一幅画，而在画面中可以表现出诗人的情趣，于是受到识者的赞赏。惠诠尝书湖上一山寺壁曰：

落日寒蝉鸣，独归林下寺。柴扉夜未掩，片月随行屦。惟闻犬吠声，更入青萝去。

这一小幅夜归图，没有写作者的思想，而一种出尘的情趣跃然纸上。苏东坡一见，就在诗后面和了一首：

但闻烟外钟，不见烟中寺。幽人行未已，草露湿芒屦。惟应山头月，夜夜照来去。

这也是一幅山僧夜归图，情趣清幽，从此传为佳话，惠诠也因此知名。另外一个和尚叫清顺，尝赋《十竹诗》曰：

城中寸土如寸金，幽轩种竹只十个。春风慎勿长儿孙，穿我阶前绿苔破。

又有一首五古：

久服林下游，颇识林下趣。从渠绿阴繁，不碍清风度。闲行石上眠，落叶不知数。一鸟忽飞来，啼破幽绝处。

王安石游湖上看到极为称赏，后来苏东坡晚年也和他往来唱酬（参见《苕溪渔隐丛话前集》卷五十七）。

诗境画境本为一事，而小诗题画又往往出画境之外，提高画的内涵和欣赏性。如苏东坡《惠崇画春江晓景二首》其一：

竹外桃花三两枝，春江水暖鸭先知。蒌蒿满地芦芽短，正是河豚欲上时。

画面上的景物是六样：竹子、桃花、江水和水上的鸭子、布满地面的蒌蒿和新出嫩芽的芦苇。在前三句完全写出来了，而且还加鸭对水暖的感觉，已经将平面的景物写成一幅互相联系的画面。最后的一句却是画面所无，诗人凭想象补充而特别增加了情趣。再如《书李世南所画秋景二首》其一：

野水参差落涨痕，疏林欹倒出霜根。扁舟一棹归何处？家住江南黄叶村。

画面的景物都在前两句中写出，而且两句若即若离表现出因果。第三句水面扁舟也为画面所有，但这一问一答却出于画面之外，也是用诗人的想象增加画的意境。

诗境、画境关系如此之密，诗人要懂画，善于写出画境来丰富诗境，同时画师要提高境界也必须领会诗境，所以宋元时考试画师都用诗句为题，如世所习知的“古木无人径，深山何处钟”，“野渡无人舟自横”，“竹锁桥边卖酒家”,“踏花归去马蹄香”之类。

著名的山水名胜,有时一两句小诗很难摹写。可以引一段胡仔《苕溪渔隐丛话前集》卷五十五的话:

余旧览《倦游杂录》,言桂州左右,山皆平地拔起,竹木蓊郁,石如黛染;阳朔县尤奇,四面峰峦骈立。故沈水部彬尝题诗曰:“陶潜彭泽五株柳,潘岳河阳一县花。两处争如阳朔好,碧莲峰里住人家。”余初未之信也。比岁,两次侍亲赴官桂林,目睹峰峦奇怪,方知《倦游杂录》所言不诬。因诵韩、柳诗云“水作青萝带,山为碧玉簪”,又云“海上群峰似剑芒,春来处处割愁肠”之句,真能纪其实也。山谷老人谪宜州,道过桂林,亦尝有诗云:“桂岭环城如雁荡,平地苍玉忽嶒峨。李成不生郭熙死,奈此百嶂千峰何?”

真境写出不易就推之于高明画师,黄山谷这样的大诗人都“奈此百嶂千峰何”?这实际是避实即虚,不写之写,也能启发人思考。我想起八三年游黄山,雨后山色奇丽,直如宋人画本,于是写了这样一首绝句:

浅深浓淡复斓斑,挟雨揉烟态更闲。忽忆小年临画本,分明好个米家山。

1992年旅游文学讨论会在雁荡山召开,我由南京乘小飞机至温州,飞行高度不及1000公尺,俯视皖南群峰起伏,恰如画卷,可惜我无写真才能,只得用诗句表示遗憾：

> 起伏群峰耐俯看，欣如画卷展新安。须臾云雾真颠米，默识沉吟愧笔端。

诗与画同源而异派，相互渗透，古代很多诗人本身即善画，如王维、苏轼，诗中有画，画中有诗，创造许多脍炙人口的佳作。同时这些人的评画之诗总有一些精辟之论。如苏轼《王维吴道子画》里说的："道子实雄放，浩如海波翻。当其下手风雨快，笔所未到气已吞。"讲到王维，"门前两丛竹，雪节贯霜根。交柯乱叶动无数，一一皆可寻其源"。这些在中国画中都是不朽之论。

诗如其人，画亦如其人。有些题画诗可见作者的风骨。如郑思肖宋亡以后，画兰花都不画根，无地可依，以表亡国之痛。在《题画菊》诗中说："宁可枝头抱香死，何曾吹堕北风中？"正是忠义之心的反映。郑板桥喜画竹石，他有首诗说："咬定青山不放松，立根原在破岩中。千磨万击还坚劲，任尔东西南北风。"反映出他的特殊个性。郑又是循吏，关心人民的疾苦，在《潍县署中画竹呈年伯包大中丞括》诗中写道：

> 衙斋卧听萧萧竹，疑是民间疾苦声。些小吾曹州县吏，一枝一叶总关情。

# 二〇、共酿有味之诗　不放无的之矢

## ——新诗与旧诗

五四时期，新诗曾对旧体诗发动猛烈攻击，仿佛写旧体诗就意味保守、落后，甚至是反动，一时间似乎摧陷廓清，旧体诗已无容身之地，欧化好像真要取代民族化了。但是，七十年的实践，旧体诗不但没有被彻底消灭，近来却呈现出蓬勃发展的势头。老一辈无产阶级革命家的诗集大多是旧体，四害被除之后，各地诗词会社如雨后春笋，公开发行的旧体诗词刊物，也有若干种，海外华人表达眷怀祖国的旅思乡情，用的也大多为旧体，甚至原来以新诗成名的诗人也往往改习旧体，并且出了一些诗集。这些现象，至少告诉人们一个简单的道理，旧体诗词还是有蓬勃生机的。旧体诗为什么能历劫不磨有强大的生命力？因为它是深深植根于民族语言和历史的土壤中，它的形成是历史发展的结果，而不是少数人闭门造车。反对旧体诗的人，认为这种形式束缚思想，难以表达新内容。分而言之，约有数端：一曰要押韵，二曰讲平仄，三曰词语太文太陈旧，容不得新思想、新事物。猛一听，好像很有理，实际上经不起推敲，试略加辨析：

一曰押韵是人民生活中的自然现象。汉语基本是单音节,容易押韵,是一大优点。从古代的谣谚、民谚、《诗经》、《楚辞》、汉魏六朝乐府,直到今天各地的民歌,有哪一种不押韵?不押韵口头就不易流传。民谚说:“盐罐返潮,大雨难逃。”老农民除夕晚要喂耕牛一碗米饭,嘴里直念叨:“打一千,骂一万,三十晚上给你一碗饭。”潮和逃,万和饭,不都押韵吗?下放期间,一个妇女和队长夫人吵架说:“冬瓜有毛,茄子有刺;男人有权,女人有势。”刺和势自然押韵,这个妇女一字不识,头脑里也不懂押韵这个词儿,可她在实践中自然会押韵,可见押韵是汉语中的天籁。若干句诗,有共同的韵脚,音节上就有所收揽,增强节奏感,有什么不好?不押韵就难以口头流传。新诗在彻底自由化一阵之后,不是也有人在提倡新的格律诗吗?我想要押韵大概也是新格律诗的要求。旧体诗除律诗外,押韵的形式也不是一成不变的,它虽以两句一韵为主,但也可以每句一韵或三句以上一韵;可以一韵到底,也可以中间换韵。变化的天地是相当广阔的。



二曰平仄也是汉语中的自然现象。拿一些四个字的组合看,如“三言两语”、“千奇百怪”、“百孔千疮”等等,这里的数字都不是实指的,但如换个位置说成“三语两言”、“千怪百奇”、“千孔百疮”意思没有变,但说起来非常别扭。原因何在?就在平仄关系上。原来的组合方式是平平仄仄或仄仄平平,非常顺口,改成平仄仄平就拗口了。

可见律诗按平平仄仄、仄仄平平的方式组句也是顺乎汉语的自然，不是诗人们向壁虚造来难为人。何况有严格的平仄规律组句只是旧体中的律诗而古体诗不大受这种限制呢？句子的字数可以短到一个字(如司空图《题休休亭》“咄，诺。休，休，休，莫，莫，莫”)。长到十七个字(韩愈《嗟哉董生行》“唐贞元时县人董生召南隐居行义于其中”，组句也是很自由的。从广义说，律诗古诗都必须注意诗句的节奏感，或用平平仄仄的方式，或用别的方式任人选择，但应该注意节奏感，增强音乐美，我想，新的格律诗大概也会有这方面的要求。

三曰写旧体诗可以而且应该吸收口语及新的名词来提高表达效果。说旧体诗太难懂是不全面的。旧体诗中确实有一些难懂的诗篇，它们是由各种因素造成的。但“难懂”不是旧体诗的特质。“暮投石壕村，有吏夜捉人。老翁逾墙走，老妇出门看”(杜甫《石壕吏》)，“可使食无肉，不可(使)居无竹。无肉令人瘦，无竹令人俗”(苏轼《於潜僧绿筠轩》)，这些名篇有什么难懂呢？语言随着社会发展而丰富变化，诗人应该不断吸收和消化，创造自己的诗句，写新事物当然要用新名词。只有一些守旧而不化的人才一味排斥新名词、语汇，结果写出的只能是“赝汉魏”、“赝唐”式的模拟之作，不可能有时代的声音。清朝后期诗人中何绍基是大胆使用过去诗中未用过的名词语汇的，如“鄂州试上火轮船”、“湘省厘捐薪水宽”之类，引起陈衍《石遗室诗话》的诟病，但我以为何绍基是对的。同光体最崇拜的诗人黄山谷，诗里使用语汇非常丰富，连公文档案中的术语都敢使用。办公文案卷有所谓旧管卷，新收卷，他在《赠李辅圣》就有“旧管新收几妆镜”的句子。不敢使用新名词术语只是自捆手脚。今天要反映半个世纪的风云激荡，如何能避开“抗日”、“土改”、“解放”、“抗美援朝”、“四化”之类的字眼呢？在诗篇里大胆使用新词汇，正是合乎时代的要求。在这方面新体和旧体没有不可调和的矛盾。

如上所述，从形式上争论新体旧体的长短，实际上没有多大意义。有是非，无新旧。我认为要争的是诗还是非诗，不必问新体还是旧体。新体旧体应互相融合，取长补短，而不应互相排斥，护短争长。诗和散文，谁都知道有区别，不在于分行不分行，而在于它们的情趣。前人打过这样的比喻，生活像米，文是煮米成饭，可以充饥，诗则酿米成酒，用以怡情。比喻未必太贴切，但不管新诗旧体，总得有诗味。什么是诗味？诗味要向人说清楚却很不容易。苏东坡诗里说：“论画以形似，见与儿童邻；赋诗必此诗，定非知诗人。”这里恐怕就说的诗味问题。拿唐人两首咏物小诗为例，李峤《风》：“解落三秋叶，能开二月花。过江千尺浪，入竹万竿斜。”除了告诉人风的特色外，没有给人更多的回味。可能就是苏轼责怪的“赋诗必此诗”吧。骆宾王的《咏月》：“忌满光先缺，乘昏影暂留。既能明似镜，何用曲如钩？”它既写出月的特色，又何止于说月。两相比较，也许能领略有诗味无诗味的问题。不必去争诗体的新旧，而应着眼于诗味的有无和浓淡，这便是我的管见。